Dagmar C

Wandas gehei

Originalausgabe
In neuer Rechtschreibung
4. Auflage November 2007

www.dtvjunior.de
Umschlagkonzept: Balk & Brumshagen
Umschlaggestaltung: Dagmar Geisler
Lektorat: Anja Kemmerzell
Gesetzt aus der Trump Mediäval 13,8/16·
Gesamtherstellung: Kösel, Krugzell
Printed in Germany · ISBN 978-3-423-70765-7

Dagmar Geisler

Wandas geheime Notizen

Deutscher Taschenbuch Verlag

Was Schlimmeres hätte mir echt nicht passieren können! Grässlich!

Nebenan ziehen neue Leute ein.

Und ausgerechnet *die*. Ich fass es nicht!

Es war schon schlimm genug, als die Meiers ausgezogen sind. Herr und Frau Meier waren so ziemlich die nettesten Nachbarn, die man sich denken kann.

Wuschelmeier haben sie natürlich auch mitgenommen.

Vier Wochen haben dann die Handwerker drüben rumgeklappert. Und heute, ich will gerade in mein Samstagmorgen-Zimtbrötchen beißen, steht da auf einmal dieser Möbelwagen. Und wer geht die Stufen hoch und trägt eine verboten hässliche Stehlampe ins Haus?

Ich rase sofort zum Telefon, um Katti anzurufen.

»Unfassbar!«, krächzt Katti. »Du meinst im Ernst, Fabian Schilling, der Besserwisser mit der Mann-im-Mond-Frisur, wird dein neuer Nachbar?«

»Nicht nur der«, stöhne ich, »auch die ganze Familie mitsamt seiner grässlichen Schwester.«

»O Mann, ich dachte, bei dir wär in letzter Zeit schon genug passiert.«

»Das dachte ich auch!«, brumme ich.

Als ich auflege, kommt Mama in die Küche.

In ihren riesigen Morgenmantel gewickelt schlurft sie zum Fenster.

»Oh, guck mal!«, gähnt sie und strubbelt sich durch die Haare. »Da drüben ziehen neue Leute ein. Die scheinen Kinder in deinem Alter zu haben. Wie schön! Vielleicht kannst du dich mit denen anfreunden.«

Ich grunze genervt. Manchmal rafft Mama einfach überhaupt nichts.

SAMSTAGABEND

Den ganzen Tag haben die Schillings ihr Zeug ins Haus geschleppt.

Zu der scheußlichen Stehlampe kamen noch:

ein zum Erblinden hässlicher rosa Sessel,

ein schnörkeliger Vogelkäfig (was für 'ne Art Vogel drin war, konnte ich nicht sehen),

so'n komisches Sofa, wo nur an einer Seite 'ne Lehne ist (ich weiß nicht genau, wie die heißen),

und noch eine ganze Menge ziemlich blödes Zeug.

Ich hab mich den ganzen Tag in mein Zimmer verkrochen und AUFGERÄUMT!!!

Ich hatte wirklich keine Lust, Fabian Schilling direkt in die Arme zu laufen. Katti war ja, wie immer, bei ihren Pferden und konnte nicht kommen, um mir in meinem Elend beizustehen.

Katti und ich kennen uns schon, seit wir zusammen in die Pampers gemacht haben. Jede in ihre eigene natürlich.

Das erzählen zumindest unsere Eltern, die waren in derselben Eltern-und-Kind-Gruppe bei Frau Elfering im Nachbarschaftszentrum.

Richtig erinnern kann ich mich erst an die Zeit, als wir zusammen im Kindergarten waren. In meinem Regal steht noch das Foto: Katti und ich im Gruppenraum vom Kopf bis zu den Mäusepantoffeln mit Fingerfarbe beschmiert. Wir wollten nämlich Malerinnen werden und hatten schon mal mit den Wänden der Puppen-Ecke angefangen.

Ich will ja immer noch Malerin werden. Aber seit Katti angefangen hat zu reiten und in jeder freien Minute zu ihrem Reiterhof geht, weiß ich es bei ihr nicht mehr so genau.

Jetzt ist mein Zimmer derart ordentlich, dass ich so ein komisch feierliches Gefühl kriege. Vielleicht sollte ich öfter aufräumen? Jedenfalls fange ich an eine Liste zu machen von allem, was sich in der letzten Zeit so krass verändert hat.

1. Meiers sind weggezogen.

2. Sie haben Wuschelmeier mitgenommen. Wuschelmeier ist, mit Abstand, der netteste Hund, den ich kenne. Er sieht aus wie ein aufgepumpter Bettvorleger mit Ohren. Wenn ich aus der Schule gekommen bin, hat er mich immer lauthals begrüßt. Und wenn Mama abends wegmusste, hab ich ihn mir als Aufpasser ausgeliehen. Jetzt wohnt er mit Meiers in Venlo. Was macht ein Hund wie Wuschelmeier ausgerechnet in Venlo?

3. Papas Freundin Inge ist bei Papa eingezogen.

4. Wenn ich jetzt dienstags und donnerstags nach der Schule zu Papa komme, gehen wir nicht mehr in die Pizzeria oder zu unserem Lieblingschinesen.

5. Inge ist eine Biokost-Fanatikerin. Sie kocht am liebsten Dinkelnudeln mit Tofu-Gulasch oder Gemüsebratlinge. (Okay, ihre Vollkornpizza ist Spitze. Aber das sage ich ihr natürlich nicht.)

6. Seit Inge bei Papa wohnt, nenne ich Mama Mama und nicht mehr Ilse. Ich finde, eine Ilse als Mutter, während die Möchtegern-

Zweitmutter Inge heißt, ist einfach eine Zumutung für ein Kind.

7. Nach den großen Ferien haben wir eine neue Lehrerin gekriegt. Frau »Das-muss-ich-in-der-vierten-Klasse-aber-voraussetzen-können-Schmitz«.

8. Seit ungefähr vier Wochen haben wir einen Neuen in der Klasse. WÜRG!

KOTZ! → FABIAN SCHILLING!!!

9. Fabian Schilling kann so gut wie jede Frage von Frau Schmitz beantworten. »Nehmt euch ein Beispiel an Fabian!«, sagt sie dann immer. »Das muss ich in der vierten Klasse wirklich voraussetzen können!« Ohne Fabian wären wir eine ganz normale Vierte, aber so stehen wir total doof da.

10. Mama wird neuerdings öfter von einem gewissen Bertfried angerufen, danach hat sie immer so einen merkwürdigen Blick. Keine Ahnung, was das wieder bedeutet.

SONNTAG

Am Sonntagmorgen frühstücke ich mit Mama. Sie ist gut gelaunt, erzählt mir, dass sie eine neue Ausstellung plant.

»In der alten Hutfabrik, stell dir vor! Die Räume sind ideal. Wunderbar hoch und hell und nicht so obercool wie in der städtischen Galerie«, schwärmt sie und fuchtelt mit ihrem Toast, dass die Krümel fliegen.

Es gefällt mir, wenn Mama so gut drauf ist. Sie hat dann so ein Leuchten in den Augen.

Man könnte glatt vergessen, wie es ist, wenn sie eine ihrer Krisen hat. Weil sie zum Beispiel denkt, dass ihre Fotos nicht gut genug sind. Dabei sind sie super und Mama hat schon eine Menge Preise dafür eingeheimst.

Nach dem Frühstück radeln wir Richtung Baggersee. Es ist zwar schon September, aber immer noch richtig heiß.

»Im Juli haben wir uns den Hintern abgefroren«, sagt Mama, »dafür können wir uns wahrscheinlich im Dezember noch einen Sonnenbrand holen.«

»Klar«, sage ich, »wir feiern Weihnachten in der Eisdiele.«

»Genau, und statt Weihnachtskugeln gibt es für dich Eiskugeln bis zum Abwinken und für mich jede Menge Campari-Soda«, kichert Mama.

»Und wir singen nicht ›Stille Nacht, Heilige Nacht‹, sondern ›Schrille Nacht, schwitzige Nacht‹!«, sage ich.

Das hätte ich besser nicht tun sollen, denn jetzt fallen Mama jede Menge Weihnachtslieder ein und die singt sie den ganzen Weg durch den Forst laut und falsch vor sich hin. Zum Glück begegnet uns keiner. Das wär sonst megapeinlich.

Am Abend gehen wir zu Paolo. Das ist Mamas Lieblingsitaliener. Eigentlich heißt Paolo Daniele, aber alle nennen ihn Paolo, weil er ein totaler Fan von Paolo Conte ist.

Das ist so ein italienischer Sänger. Ich finde die Lieder ja ein bisschen öde, vor allem weil Mama sie an manchen Tagen von morgens bis abends vor sich hin trällert.

Irgendwann habe ich Paolo gefragt, ob er auch mal Die Prinzen oder sonst was Vernünftiges auflegen könnte. »Madonna, nur über meine Leiche!«, hat er gesagt.

Aber sonst ist Paolo echt nett.

Als wir reinkommen, sitzen schon zwei von Mamas Kollegen da: Malte und Piet. Malte malt witzige Bilder mit komischen Namen.

»Wachtelhund grüßt fette Kröten« heißt zum Beispiel eins.

Piet kommt aus Neuseeland. Er macht riesige Kunstwerke aus Holz.

Ich kriege mit, dass die drei die Ausstellung in der Hut-

fabrik zusammen machen wollen.

Das finde ich gut. Sicher gibt es zur Eröffnung wieder ein Fest. Hoffentlich! Ich stelle mir vor, wie Fabian Schilling, der alte Langweiler, gucken würde, wenn er Malte mit seinem Zopf und seinem Ohrring und Piet mit seinen Tätowierungen sehen könnte. Piet ist nämlich von Kopf bis Fuß tätowiert. Mir gefällt das ziemlich gut. Vielleicht werde ich später mal Tattoo-Spezialistin.

Mist! Den ganzen Tag habe ich nicht an Fabian gedacht.

Warum fällt er mir ausgerechnet jetzt wieder ein?

Als ich ihn zum ersten Mal gesehen habe, stand er vor unserer Schule herum und sah aus wie verloren gegangen.

»Kann ich dir irgendwie helfen?«, hab ich gefragt.

»Komm schon zurecht!«, hat er nur gemurmelt.

Später dann, wir hatten Deutsch, stand ich an der Tafel und statt Buchstaben sah ich nur die finstere Miene von Frau Schmitz.

»Wanda, wie schreibt man Schneeschieber? Schau dir das noch mal genau an. Das muss ich in der vierten Klasse wirklich voraussetzen können …«

Und so weiter und so weiter. Je mehr sie redete, desto weniger konnte ich buchstabieren. In meinem Kopf war nur Platz für die Vorstellung, wie ich Frau Schmitz mit einem riesigen Schneeschieber aus der Stadt schiebe.

Da musste ich grinsen und Frau Schmitz wurde fuchsteufelswild. In dem Moment kam der Direktor mit einem Neuen herein. Es war Fabian. Die Schmitz machte gleich ihr zuckersüßes Gesicht und bat ihn mir zu helfen.

Klar weiß ich auch, dass Schneeschieber mit **ie** geschrieben wird.

Ich bin doch nicht blöd! Verdammt!

»Was machst du für ein Gesicht, Prinzessin?«, fragt Paolo, der gerade an unseren Tisch kommt. »Da helfen nur Paolos Wanda-Spezial-Spaghetti mit Knoblauch und Pilzen, aber **ohne** Zwiebeln.«

»Ich glaube, die helfen da nicht, die helfen eigentlich bloß gegen Hunger, aber den habe ich. Mein Magen knurrt wie ein wild gewordener Wachtelhund«, sage ich und muss schon wieder grinsen.

»Allora, Spaghetti für Wanda und für la bellissima Ilse ein Campari mit viel Soda, wie immer.«

»Wie immärr!«, lacht Mama. Und Paolo küsst ihr die Hand. Aus Quatsch natürlich.

Als wir später nach Hause kommen, ist bei Schillings schon alles dunkel.

Nur im Badezimmerfenster brennt noch Licht.

»Da wäscht sich jetzt Fabian Schilling seine blöde Visage!«, denke ich.

Und morgen haben wir den gleichen Schulweg. Brrr!

Ich bin aber viel zu müde, um mich darüber aufzuregen.

MONTAGMORGEN

Eigentlich könnte es ein schöner Morgen sein. Die Sonne scheint in mein wunderbar aufgeräumtes Zimmer, eine Meise putzt sich auf dem Fensterbrett und sogar Mama pfeift beim Kaffeekochen. Obwohl sie eigentlich ein Morgenmuffel ist.

»Das Morgengrauen hat seinen Namen vollkommen zu Recht«, sagt sie immer. »Es gibt doch nichts Grauenhafteres als einen frühen Morgen!«

Papa hat sich darüber immer total aufgeregt, als wir noch zusammen gewohnt haben. Er ist so einer, der am liebsten in aller Herrgottsfrühe zu Hause aufbricht, um lange Wanderungen zu machen.

Wie gesagt, es könnte ein schöner Morgen sein, wenn mir nicht gleich beim Aufwachen Fabian Schilling eingefallen wäre. Beim Frühstück setze ich mich so, dass ich das Nachbarhaus beobachten kann.

Erst als Fabian mit seiner albernen Kappe auf dem Kopf die Stufen heruntergegangen und hundertprozentig sicher um die Ecke gebogen ist, mache ich mich auch fertig. Jetzt muss ich nur noch aufpassen, dass ich nicht zu schnell gehe, sonst hole ich ihn am Ende noch ein.

MONTAGMITTAG

Nach der Schule ist es viel schwieriger, Fabian aus dem Weg zu gehen. Erst stand er noch am Schultor rum und schwätzte. Als er dann endlich abgezogen ist, hat er sich dauernd umgedreht.

Deshalb gehe ich jetzt einen blöden Umweg. Dabei habe ich einen Riesenhunger. Schilling, der alte Nasenpopler, sitzt jetzt wahrscheinlich schon beim Essen und ich trabe in der Mittagshitze die Bahnhofstraße runter. Die Welt ist einfach ungerecht.

BLÖDE SONNE
BLÖDE BAHNHOF-STRASSE

Montagnachmittag

So ein Mist! Dabei habe ich so gut aufgepasst.

Ich will zu Katti gehen und habe wirklich genau geprüft, ob die Luft rein ist. Trotzdem hält, gerade als ich durch das Gartentürchen gehe, ein dunkelblauer Passat neben mir.

Und wer steigt aus? Fabian und seine Mutter.

»Hallo Wanda!«, sagt Fabian. »Wir sind jetzt Nachbarn.«

»Wer hätte das gedacht?«, brumme ich finster und will mich gerade verdrücken, als Mama mit ihrem Fahrrad um die Ecke biegt.

»Hallo!«, strahlt sie. »Sie müssen unsere neuen Nachbarn sein. Mein Name ist Ilse Lichtenberg und das ist meine Tochter Wanda.«

»Waltraut Schilling«, sagt Frau Schilling und schüttelt Mama die Hand.

»Und du bist also Wanda!«, sagt sie und lächelt zuckersüß zu mir runter.

»Du müsstest ungefähr in Fabians Alter sein.«

»Klar ist sie das. Sie geht ja in meine Klasse«, sagt Fabian und strahlt, als hätte er Amerika noch vor Kolumbus entdeckt.

Natürlich tut sich jetzt keine Erdspalte auf, um mich zu verschlucken, sondern Mama sagt genau das, was ich befürchte:

»Das ist aber nett. Wanda hat sich schon immer ein paar Kinder in der Nachbarschaft gewünscht. Und jetzt ist es sogar ein Klassenkamerad …«

Wenn ich das schon höre. Ein blöderes Wort gibt es auf der ganzen Welt nicht. Ich murmele etwas von Katti, die auf mich wartet, und mache, dass ich wegkomme. Als ich mich an der Ecke noch mal umdrehe, stehen die drei immer noch da und reden. Oh, du Hölle!

Katti heitert mich zum Glück wieder auf. Sie schlägt vor eine Schimpfwörter-Liste für Fabian Schilling zu machen.

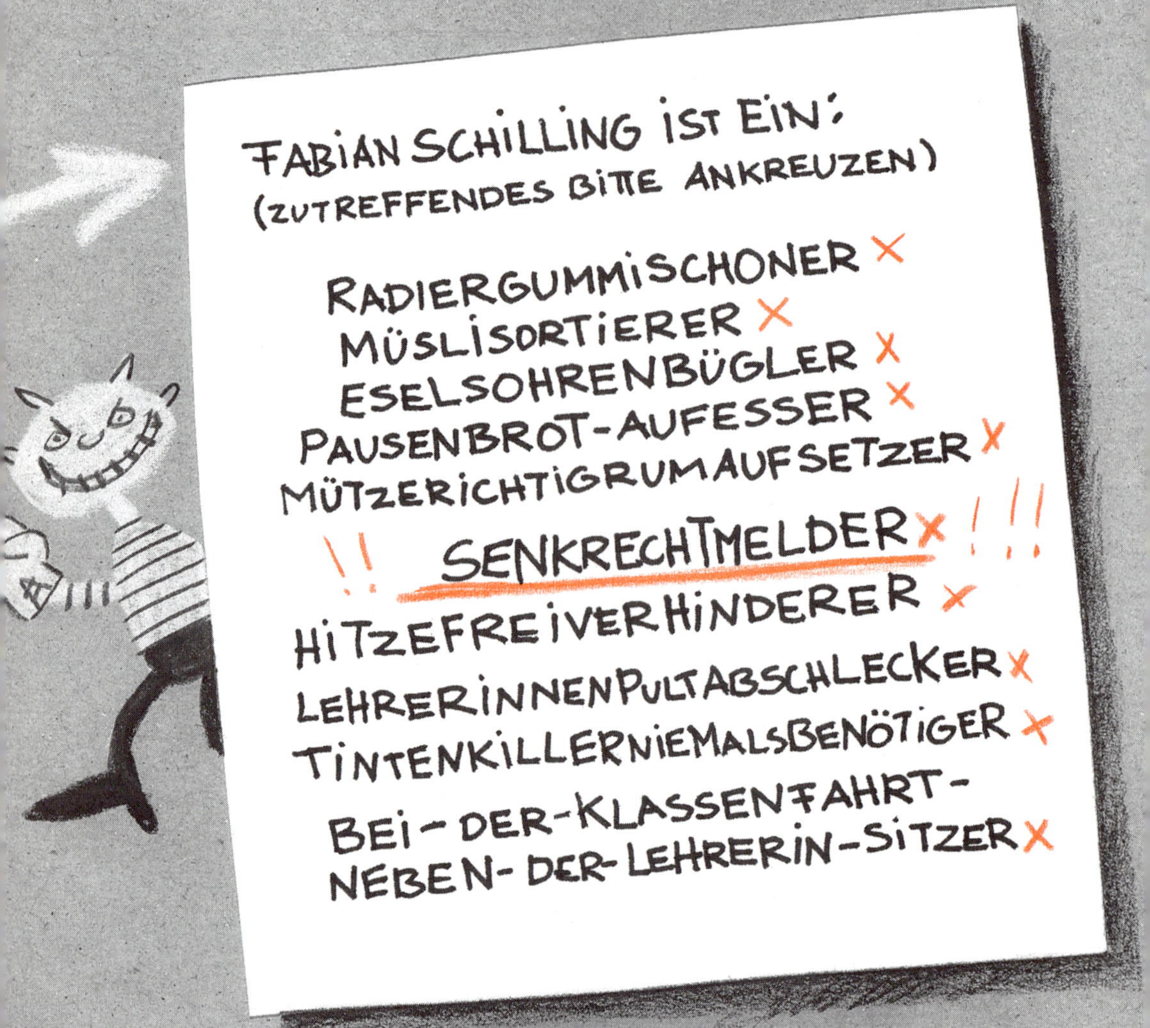

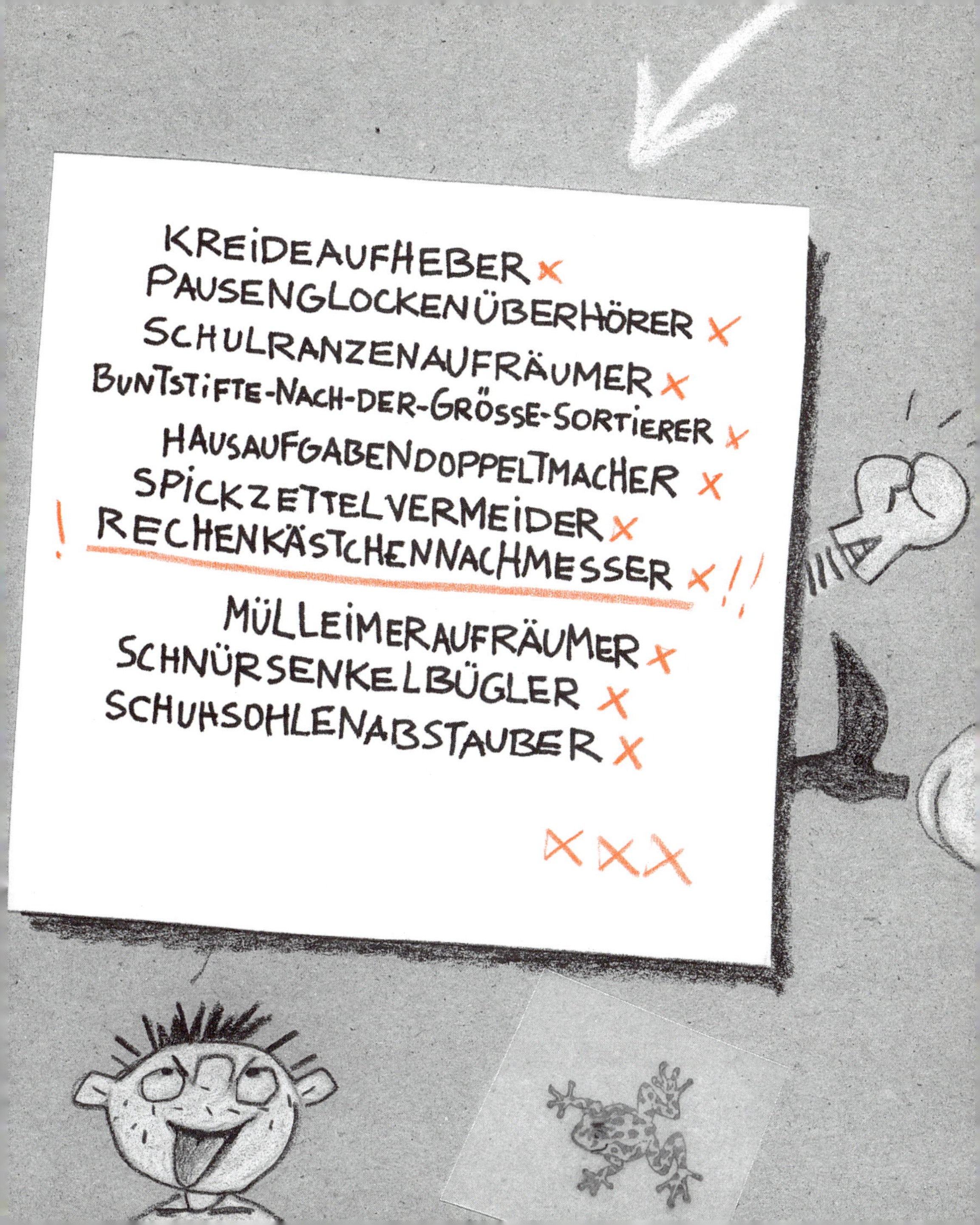
KREIDEAUFHEBER
PAUSENGLOCKENÜBERHÖRER
SCHULRANZENAUFRÄUMER
BUNTSTIFTE-NACH-DER-GRÖSSE-SORTIERER
HAUSAUFGABENDOPPELTMACHER
SPICKZETTELVERMEIDER
RECHENKÄSTCHENNACHMESSER
MÜLLEIMERAUFRÄUMER
SCHNÜRSENKELBÜGLER
SCHUHSOHLENABSTAUBER

Als es am schönsten ist, muss Katti – wie immer – zu ihren Pferden.

Ich gehe noch kurz mit. Caruso, der zottelige Braune, den Katti immer reitet, ist ja wirklich süß. Aber als ihre Reiterfreundinnen nach und nach eintrudeln, mache ich mich aus dem Staub.

Auf dem Heimweg komme ich an Ufuks Dönerstand vorbei. Der Duft erinnert mich an meinen leeren Magen. Hoffentlich hat Mama was zu essen gemacht.

DIENSTAG

NEIN! NEIN! NEIN!

Auch wenn Mama tausendmal mit Frau Schilling gesprochen hat, ich werde auf keinen Fall mit Fabian zur Schule gehen!

Natürlich steht der jetzt am Gartentürchen und wartet auf mich.

Und natürlich steht Mama vor der Klotür und ruft, dass ich mich beeilen soll. Aber ich denke gar nicht daran. Zum Glück habe ich mir ein Buch mitgenommen.

»Ja, gleich!«, sage ich und vertiefe mich wieder in die spannende Verfolgungsszene, in der gerade die beiden Räuber den Schatz der Könige erbeuten wollen.

Irgendwann klingelt das Telefon und Mama verlässt ihren Posten.

Ich schleiche zum Flurfenster. Fabian ist weg. »Tschüs«, rufe ich in Richtung Wohnzimmer und verlasse vorsichtig das Haus. Könnte ja sein, dass das alte Teiggesicht mir noch irgendwo auflauert.

Es ist schon Viertel nach acht, als ich die Tür zu unserem Klassenzimmer aufreiße.

»Kannst du nicht anklopfen?«, fragt Frau Schmitz. »Wenn du schon zu spät kommst, könntest du die Klasse wenigstens auf gesittete Art und Weise betreten. Das muss ich in der vierten Klasse wirklich voraussetzen können. Nimm dir ein Beispiel an deinem Mitschüler Fabian. Auch er ist heute Morgen ein klein wenig spät dran gewesen. Aber er hat sich ordnungsgemäß entschuldigt und ist nicht wie ein Wirbelwind in die Klasse geplatzt.«

»Ich wollte mich ja gerade entschuldigen«, protestiere ich.

Aber Frau Schmitz macht ihr spitzes Mündchen, schickt mich auf meinen Platz und sagt, ich solle die Klasse nicht weiter stören und dass wir sowieso mit allem weit hinterher sind.

Ich könnte platzen vor Wut. Da hinten sitzt der Musterschüler Fabian und versteckt sich hinter seinem Buch. Schade, sonst könnte ich ihn mit meinem Blick so lange durchbohren, bis er vom Stuhl fällt.

Weil Dienstag ist, gehe ich mittags zu Papa. Inge macht mir auf. Sie ist allein.

Das ist auch so etwas. Früher, als Inge noch nicht bei Papa gewohnt hat, hat er sich immer freigenommen, wenn ich kam. Zumindest über Mittag. Jetzt esse ich oft mit Inge alleine und Papa kommt erst zum Kaffeetrinken, wenn überhaupt.

Inge arbeitet in einer Praxis für Krankengymnastik, aber nur vormittags. Nachmittags hat sie meistens frei. Dafür gibt sie abends oft noch irgendwelche Kurse. Ich weiß nicht genau, wie die heißen.

Jedenfalls müssen die Leute warme Socken mitbringen und es hat irgendwas damit zu tun, dass man die Blume finden muss, die zu einem passt, und die Farbe und am besten auch noch die »innere Melodie« oder so. Wenn das alles gefunden ist, soll man irgendwie gesund sein oder wenigstens keinen Krach mehr mit seinem Partner kriegen.

Ich hab das nicht so genau verstanden. Wenn ich früher gewusst hätte, dass es so was gibt, hätte ich bestimmt versucht das richtige Zeug für Mama und Papa zu finden, damit sie zusammenbleiben können.

Ich weiß nur, dass Papas »innere Melodie« früher bestimmt Jimi Hendrix war.

Pünktlich zum Kaffeetrinken erscheint Papa. Er hat Rosinenschnecken mitgebracht. Papa liebt Rosinenschnecken über alles, genau wie ich.

»Harald und sein heiß geliebtes Zuckergebäck«, sagt Inge und lächelt. Aber ich merke genau, dass sie uns am liebsten einen Vortrag über die Schädlichkeit von weißem Mehl halten würde.

Nach dem Kaffee, das heißt, ich hab ja eigentlich mit Inge Tee getrunken, versuche ich Katti anzurufen. Aber die ist mal wieder bei den Pferden. Schade, ich hätte gerne noch mal mit ihr gesprochen. Wegen heute Morgen und wegen Fabian und was ich jetzt tun soll.

Als ich nach Hause komme, liegt ein Zettel von Mama da. Sie hat wegen ihrer Ausstellung einen Termin bei der Zeitung. Mist! Da klingelt auch noch das Telefon. Dieser Bertfried ist dran und will Mama sprechen.

Für heute reicht's mir. Ich haue mich aufs Sofa und schalte den Fernseher ein, aber nicht mal die Simpsons können mich aufheitern.

Wenn wenigstens Wuschelmeier hier wäre.

MITTWOCH

Ich gehe schon vor dem Frühstück los, weil ich keine Lust habe, wieder mit Frau Schmitz zusammenzurasseln. Als ich fast an der Ampel bin, höre ich Fabian rufen. Ich stelle mich taub. Zum Glück ist er weit genug hinter mir und kann mich nicht einholen.

In der dritten muss Frau Schmitz leider zum Zahnarzt. Herr Klöbner hat die Aufsicht und wir dürfen machen, was wir wollen. Ich setze mich mit Katti in die letzte Reihe. Wir wollen uns etwas ausdenken, was mir Fabian vom Hals schafft.

»Wir erzählen ihm, du hättest eine ansteckende Krankheit«, schlägt Katti vor.

»Ja genau, so eine richtig fiese mit Ausschlag und Haarausfall«, grinse ich.

»Haarausfall ist nicht gut, da müsstest du ja eine richtige Glatze kriegen. Wir müssen etwas erfinden, das man nicht nachprüfen kann.«

Den Rest der Stunde verbringen wir damit, eine Liste mit allen Symptomen meiner neuen, schrecklichen Krankheit aufzustellen.

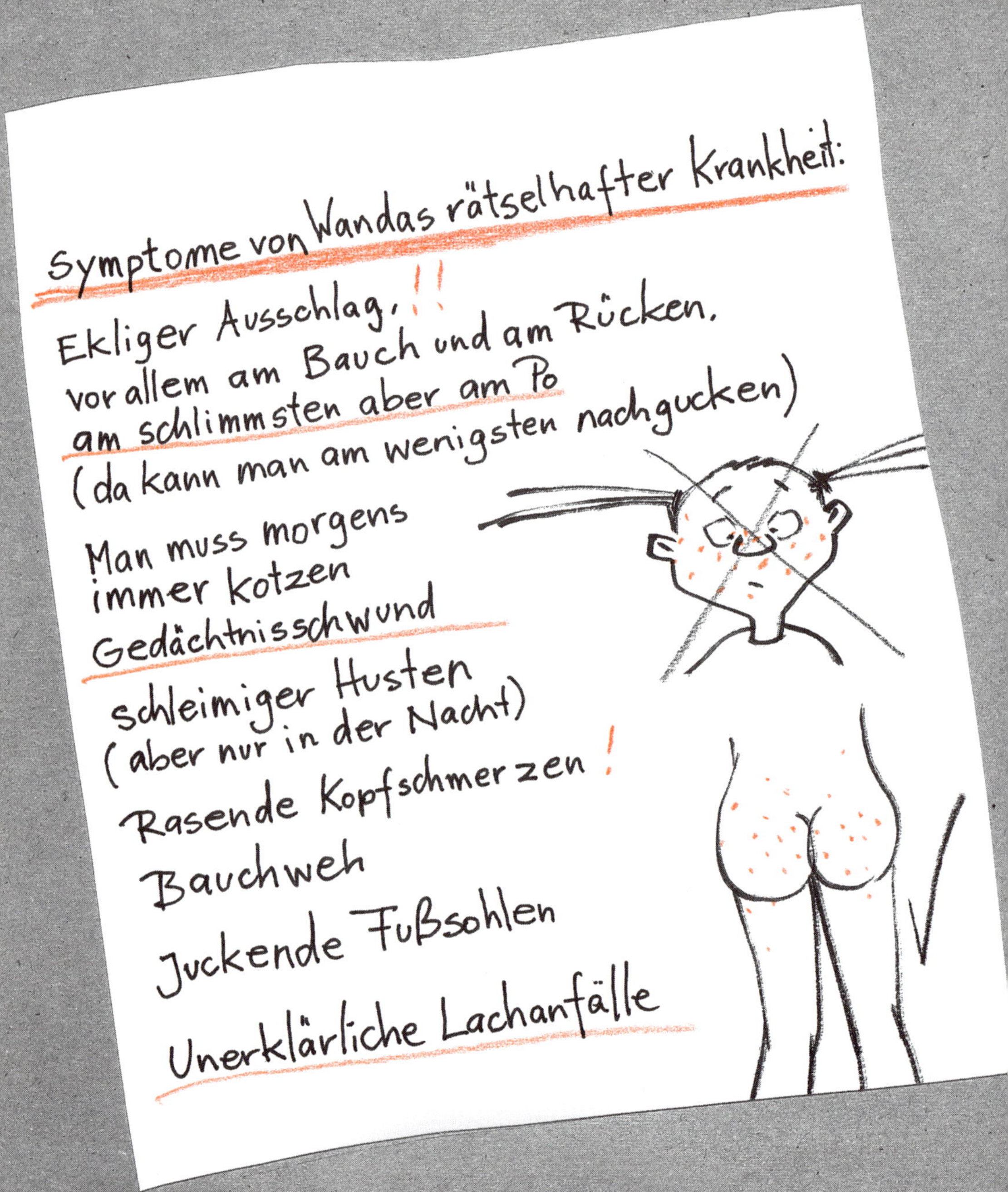
Symptome von Wandas rätselhafter Krankheit:
Ekliger Ausschlag, !!
vor allem am Bauch und am Rücken,
am schlimmsten aber am Po
(da kann man am wenigsten nachgucken)
Man muss morgens
immer kotzen
Gedächtnisschwund
schleimiger Husten
(aber nur in der Nacht)
Rasende Kopfschmerzen !
Bauchweh
Juckende Fußsohlen
Unerklärliche Lachanfälle

Das mit den unerklärlichen Lachanfällen habe ich noch dazugeschrieben, weil wir beide so viel kichern müssen. Wenn das kein Symptom wäre, würde uns ja kein Mensch glauben, dass ich eine schwere Krankheit habe.

Mittags sorgen wir dafür, dass wir die Schule gleichzeitig mit Fabian verlassen. Er scheint sich zu freuen, dass er den Heimweg diesmal nicht allein machen muss.

»Wie geht es dir denn mit deiner Krankheit?«, fragt Katti besorgt, gleich als wir die Straße überquert haben.

»Ach«, sage ich leidend, »du weißt ja, dieses ewige morgendliche Kotzen kann einem schon auf die Nerven gehen. Und diese Kopf- und Bauchschmerzen den ganzen Tag …«

»Und was ist mit deinem Ausschlag und den entsetzlich juckenden Fußsohlen?«

Ich habe Mühe, ernst zu bleiben, und auch Katti wird schon so leicht dunkelrosa im Gesicht.

»Was hast du denn für eine Krankheit, Wanda?«, fragt Fabian erschrocken. Mist! Wir haben vergessen uns einen Namen auszudenken.

Hilfe suchend gucke ich zu Katti rüber. Aber die beißt sich nur auf die Lippen.

»Irgendwie klingt das wie eine der Krankheiten, mit denen es mein Vater dauernd zu tun hat«, sagt Fabian. »Er arbeitet nämlich als Arzt am Tropen-Institut. Ich werde mal mit ihm reden, vielleicht kann er dir helfen.«

»Äh, ist schon gut!«, krächze ich.

»Ist doch kein Problem. Du musst mir nur mal alle Symptome sagen. Mein Vater weiß so ziemlich über jede Krankheit auf der Welt Bescheid.«

Ich könnte Katti erwürgen, als sie ihm tatsächlich unsere ganze Liste runterrattert – einschließlich der ›unerklärlichen Lachanfälle‹.

»Musste das sein?«, frage ich, als Katti sich an der Kreuzung verabschiedet. Sie grinst nur und sagt, dass sie nachmittags zu mir kommt, damit wir uns was Neues ausdenken können. Na, wenigstens etwas.

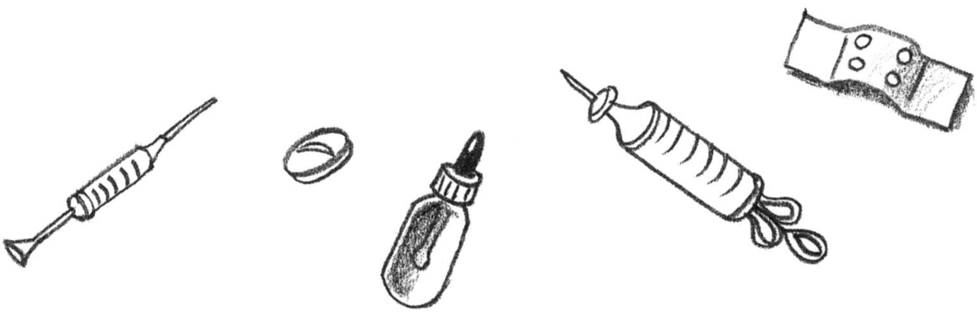

Beim Mittagessen (Blaubeerpfannkuchen. Lecker!) erzählt Mama, dass sie bei Frau Schilling zum Kaffee eingeladen ist.

»Was willst du denn bei der?«, frage ich entsetzt.

»Was hast du denn?«, sagt Mama. »Du kennst sie doch gar nicht.«

»Ich wette, sie bügelt ihre Geschirrtücher und häkelt den ganzen Tag Klobrillenschoner«, brumme ich finster.

»So ein Quatsch!« Mama lächelt. »Warum bist du denn so ungerecht? Das sieht dir gar nicht ähnlich.«

»Ich bin nicht ungerecht, aber die passen einfach nicht zu uns.«

»Das entscheiden wir, wenn wir sie kennen. Okay?«

Mama gibt mir einen Kuss auf die Nase.

Ich fühle mich mies. Sonst haben Mama und ich unseren Spaß gehabt, wenn wir über Leute lästern konnten, die nur mit so einem Dampfreiniger oder einem Staubwedel oder einer Heckenschere in der Hand richtig glücklich sein können. Und jetzt geht sie zu den Schillings und ihren hässlichen rosa Sesseln zum Kaffeetrinken.

Als Nächstes lädt sie noch die Nachbarinnen zum Tupperabend ein oder stellt kitschige Keramikhäschen im Vorgarten auf oder Fußabtreter in Form eines Igels oder Waschbeton-Blumenkübel.

»Aber unser Garten bleibt, wie er ist!«, rufe ich ihr nach, als sie geht.

Sie guckt mich bloß verständnislos an.

Als Katti klingelt, geht es mir gleich wieder besser. Wir nehmen eine Flasche Apfelsaft mit in mein Zimmer und machen es uns gemütlich.

»Wir müssten es hinkriegen, dass sie freiwillig wieder wegziehen«, sagt Katti.

»Am besten auf den Mond.« Ich bin genau in der richtigen Stimmung, mir besonders fiese Sachen auszudenken.

Als wir unseren Plan aufstellen, ist Katti die ganze Zeit am Kichern. Ich glaube, sie nimmt meine Sorgen überhaupt nicht richtig ernst.

Aktion Schilling:
Toten Fisch im Haus verstecken
(stinkt bestialisch und ist besser als Stinkbomben)
Marmorstufe vor der Haustür mit
Schmierseife einreiben.

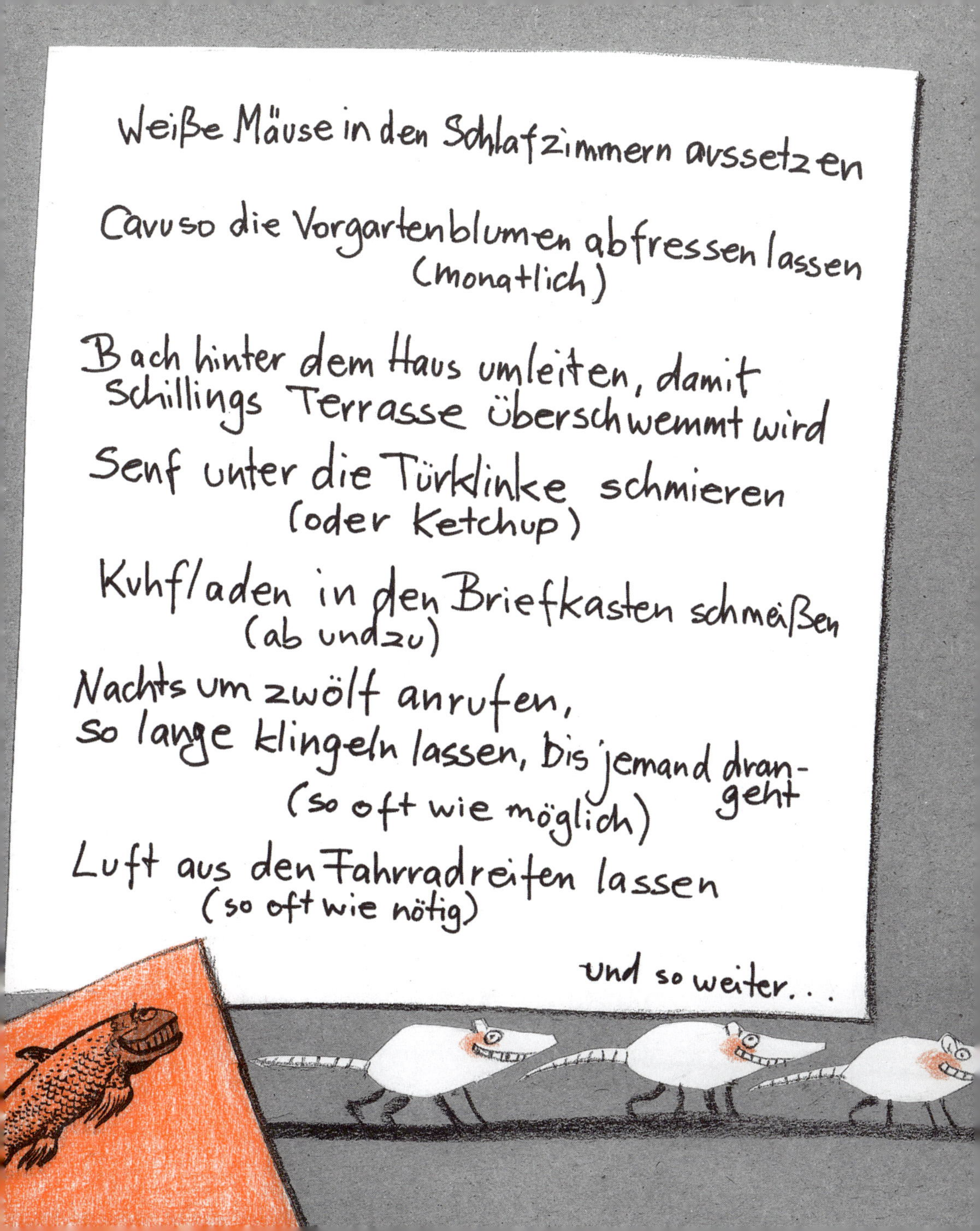
Weiße Mäuse in den Schlafzimmern aussetzen
Caruso die Vorgartenblumen abfressen lassen (monatlich)
Bach hinter dem Haus umleiten, damit Schillings Terrasse überschwemmt wird
Senf unter die Türklinke schmieren (oder Ketchup)
Kuhfladen in den Briefkasten schmeißen (ab und zu)
Nachts um zwölf anrufen, so lange klingeln lassen, bis jemand drangeht (so oft wie möglich)
Luft aus den Fahrradreifen lassen (so oft wie nötig)
und so weiter...

Katti bleibt den ganzen Nachmittag. Erst gegen Abend muss sie noch mal in den Stall, um Caruso zu versorgen. Ich begleite sie. Caruso frisst mir eine Möhre aus der Hand. Er ist schon irgendwie süß.

Als ich nach Hause komme, ist Mama bereits zurück.

»Wie war's?«, frage ich und hoffe, dass es blöd war.

»Sehr nett!«, sagt Mama. »Du kannst ja das nächste Mal mitkommen.«

»Nur über meine Leiche«, denke ich.

»Ach«, sagt Mama, »da fällt mir ein: Kannst du dich nicht ein bisschen um Fabian kümmern? Ich glaube, er ist ziemlich unglücklich in der neuen Umgebung so ganz ohne seine Freunde.«

»Hmpf!«, sage ich.

Mama hat das wohl als Zustimmung aufgefasst. Jedenfalls bittet sie mich, gleich morgen mit Fabian zur Schule zu gehen. Mir bleibt auch nichts erspart.

DONNERSTAG

Ich bin stolz auf mich. Habe auf Fabian gewartet und bin mit ihm zur Schule gegangen. Den ganzen Weg! Irgendwie tut es mir ja schon Leid, wenn jemand unglücklich ist. Sogar bei Fabian Schilling. Außerdem wollte ich Mama nicht enttäuschen. Dafür haben wir kaum geredet. Fabian hat zwar versucht mir von dem Ort zu erzählen, wo er herkommt. Aber ich habe nur geantwortet, wenn es gar nicht anders ging. Zum Glück hat er nicht von meiner Krankheit angefangen. Mittags gehe ich zu Papa. Da habe ich einen anderen Weg.

FREITAG

Heute ist nichts los. Wir haben keine Hausaufgaben auf und Mama ist unterwegs zu einem Fototermin. Ich probiere meine neuen Aquarellfarben aus und versuche Wuschelmeier aus dem Gedächtnis zu malen. Danach kann ich mein ganzes Zimmer mit Wuschelmeierbildern tapezieren. Der echte Wuschel wäre mir aber lieber.

Samstag

Mama hat beschlossen, dass wir bei dem schönen Wetter etwas in unserem Garten tun. Ich bin einverstanden, denn ich liebe unseren Garten. Die Rosensträucher, die Astern am Zaun, die struppige Wiese und den alten Apfelbaum. Wir wollen den Kompost umschichten und Äpfel ernten. Hoffentlich hat Mama in den nächsten Tagen nicht zu viel zu tun. Dann könnten wir wieder Apfelgelee nach Omas Rezept kochen. Ich habe jedenfalls schon mal eine Menge leere Schraubgläser gesammelt.

Im Garten nebenan werkeln sämtliche Schillings. Vorausgesetzt, der Mann mit den grünen Shorts ist Herr Schilling, denn den habe ich ja noch nie aus der Nähe gesehen. Mona, Fabians große Schwester, eigentlich auch nicht, aber die ist ja mit ihren komisch gefärbten Haaren schon von weitem zu erkennen. Mama grüßt und da kommt Herr Schilling mit der Heckenschere in der Hand zu uns rübergeschlendert.

»Morgen, Frau Lichtenberg«, grüßt er. (Die kennen sich also schon!)

»Und du musst Wanda sein, Fabian hat mir von deiner schlimmen Krankheit erzählt.«

O verflixt, daran hatte ich überhaupt nicht mehr gedacht.

»Äähm«, stottere ich.

»Krankheit?«, fragt Mama verständnislos.

»Ja, ja«, sagt Herr Schilling, »eine ernste Sache, am besten lässt du dich mal gründlich untersuchen. Vor allem die juckenden Fußsohlen und die unerklärlichen Lachanfälle können ernstliche Komplikationen und bleibende Schäden nach sich ziehen.«

Dabei grinst er blöd, so wie Erwachsene eben grinsen, wenn sie kleinen Kindern einen Bären aufbinden wollen. Bin ich vielleicht ein Kleinkind?

»Was für eine Krankheit?«, fragt Mama noch einmal.

»Ist doch bloß Quatsch«, murmle ich und werde auch noch rot. Peinlich! Ich wünsche alle Schillings dahin, wo der Pfeffer wächst, oder noch weiter. So schnell es geht, klettere ich in meinen Baum und ernte Äpfel, dass die Fetzen fliegen. Sollen die da unten doch machen, was sie wollen.

Auch Mama, die immer noch am Zaun steht und freundlich plaudert.

Jetzt ist noch Frau Schilling dazugekommen. Ich höre sie lachen.

Garantiert lachen die über mich. Wenn ich jetzt ein paar Giftpfeile hätte …

Stattdessen schmeiße ich einen Apfel mit Karacho über den Zaun.

Ich treffe Mona, die sich gerade über einen Busch beugt, am Hintern.

»Wanda, muss das sein?«, schimpft Mama. »Was ist denn zurzeit nur los mit dir?«

Und da fange ich auch noch an zu heulen. Ich hasse die Welt.

SONNTAG

Wir kochen tatsächlich Apfelgelee. Mama ist wirklich süß. Gestern Abend haben wir es uns noch gemütlich gemacht. Wir waren beide so k.o. von der Gartenarbeit. Da haben wir uns aufs Sofa gekuschelt und einen kitschigen Film angeguckt. So einen, wo sie sich am Schluss kriegen. Mama hat mich noch mal kurz gefragt, wegen der Krankheit und warum ich geheult habe. Ich hätte ihr so gerne alles erzählt, aber irgendwie habe ich kein Wort rausgekriegt.

»Na, lass mal«, hat Mama gesagt und mich in den Arm genommen. »Du erzählst es mir irgendwann, wenn dir danach ist.« Manchmal ist sie echt Klasse.

FREITAG

Die ganze Woche habe ich auf Katti gewartet, weil wir endlich mit der Aktion Schilling anfangen wollten. Aber wir haben es immer wieder verschoben, weil Katti dauernd zum Reiterhof musste. Wenn sie nicht gerade Reitstunde hatte, war irgendwas anderes. Entweder hatte Caruso sich einen Splitter eingetreten oder eins der anderen Mädchen war krank, so dass Katti beim Stalldienst einspringen musste. Sie hat mich mal wieder gefragt, warum ich nicht auch zum Reiten gehe. Dann könnten wir öfter zusammen sein. Ich habe ernsthaft darüber nachgedacht.

Was ich am Reitclub mag:

Katti

Caruso

das neugeborene Fohlen !!!

den Geruch im Stall

mmh!

Was ich am Reitclub hasse:

das ständige Gerede über Pferde

Mädchen in Reitstiefeln

Pamela, die sich wer weiß was auf ihre schönen Haare einbildet

Trixi, die unbedingt Schauspielerin werden will und immer von ihrem Fernsehauftritt erzählt (Als Dreijährige in einer Müsli-Werbung. Pff!)

Barbara, die sich Barbie nennen lässt und einen kleinen Bruder namens Ken hat (Man fasst es nicht.)

Leonie, weil sie mir Katti ausspannen will

den jüngeren Reitlehrer, in den alle verknallt sind, bis auf Katti (hoffe ich!)

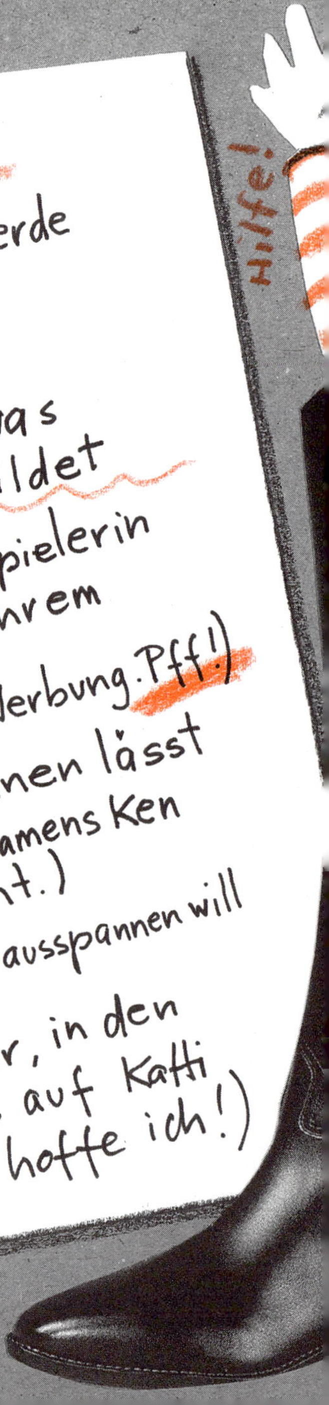

Bachblütentherapie f. Pferd (+Reiter). Ist Ihr Pferd ängstl., aggressiv, dominant, Einzelgänger, nervös, stur, hat Angst vor Verlad. o. Schmied, Trauma nicht verdaut? Rufen Sie mich an.

das Gekicher, wenn der Reitlehrer auftaucht

diese schwarzen Reitkappen

Pferde, die größer als Caruso sind

Pferdebücher !!!

Pferdebücher

Pferdebücher

IGITT

Es ist völlig klar. Reiten kommt für mich nicht infrage. Nicht mal Katti zuliebe.

Am Mittwoch haben wir eine Mathe-Arbeit zurückgekriegt. Das Ergebnis war katastrophal. Die einzige gute Arbeit hatte – natürlich Fabian Schilling.

»Nehmt euch ein Beispiel an Fabian. Er zeigt uns, dass der Stoff durchaus zu schaffen ist!«, flötete Frau Schmitz und lächelte Fabian honigsüß an.

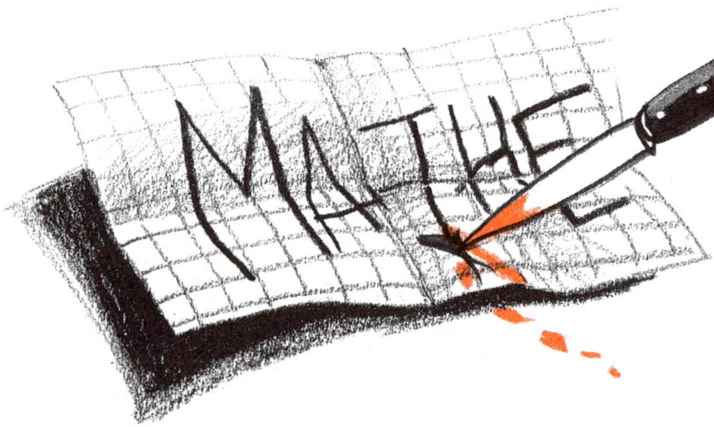

Am gleichen Abend kam Papa kurz vorbei. Er saß mit Mama in der Küche bei einem Glas Rotwein.

»Du kannst gern ab und zu vorbeikommen, wenn dir der Kräutertee zu den Ohren rauskommt«, grinste Mama.

»Wie war die Mathe-Arbeit?«, fragte Papa.

O Mann, ich wollte den beiden wirklich nicht die Stimmung verderben.

Zum Glück klingelte das Telefon.

»Bertfried«, sagte Mama, »schön, dass du anrufst ...«

»Bertfried, das ist ja ein Name zum Niederknien, wo hast du denn den aufgegabelt?«

»Halt dich da raus!«, lachte Mama und streckte Papa die Zunge raus.

Klar war ich froh, dass die beiden jetzt nicht mehr an meine Mathe-Arbeit dachten. Aber musste es schon wieder dieser Bertfried sein?

FREITAGABEND

Habe endlich meine Mathe-Note gebeichtet. Mama hat den Schock schnell überwunden, weil heute Abend Malte und Piet vorbeikommen. Sie wollen über die Ausstellung reden.

Die drei sitzen am Küchentisch. Überall liegen Zettel mit Skizzen und Notizen herum. Tassilo, Maltes schwarzer Zottelhund, hat es sich unterm Tisch bequem gemacht.

E VAKA

Gerade als Piet auf den Tisch steigt, um den anderen zu zeigen, wie er seine Skulptur ›Engel über Tasmanien‹ anbringen will, kommt Frau Schilling.

»Hallo Waltraut«, strahlt Mama. Jetzt duzen die sich schon!

»Äh, hallo Ilse, ich wollte mir eine, äh, Zwiebel ausleihen.«

Das verdutzte Gesicht von *Waltraut*, als sie zwischen Piet und Malte hin- und herguckt, muss man gesehen haben. Mama drückt ihr erst mal ein Glas Wein in die Hand. Ohne den Blick von Piets tätowierten Oberarmen zu lassen setzt sie sich an den Tisch und tritt dabei Tassilo auf den Schwanz. Der springt jaulend auf und in dem Moment kommt Fabian zur Tür rein, sieht Piet auf dem Tisch, den verschütteten Rotwein, Tassilo, der an seiner Mutter hochspringt, Malte, der seine Skizzen in Sicherheit bringt, und mich, die sich an einer Pistazie verschluckt.

»Wir brauchen auch noch ein Ei …«, krächzt er und guckt dabei noch belämmerter als seine Mutter.

Aber ich habe mich zu früh gefreut. Frau Schilling hat sich erholt und lädt Mama und mich zum Grillen ein. Morgen Abend! Und Mama sagt auch noch sofort zu.

Sobald die beiden weg und die anderen wieder mit ihrer Ausstellungsplanung beschäftigt sind, rufe ich Katti an. Am besten, wir behaupten, dass wir schon seit einer Ewigkeit ausgemacht haben, dass ich morgen bei ihr übernachte. Sonst muss ich am Ende noch mit auf dieses Grillfest.

»Bei mir geht's nicht«, sagt Katti. »Ich übernachte morgen schon auf dem Reiterhof, da gibt Trixi ihr Abschiedsfest!«

»Na prima«, brumme ich, »eine Zimtzicke weniger.«

Genervt legt Katti auf. Toll!

Gibt's eigentlich auch Zimtzickenböcke?
macht jung!
macht noch jünger!

SAMSTAG

Unfassbar! Ich sitze tatsächlich bei Schillings im Garten. Mama hat es geschafft, obwohl ich mir wirklich eine Menge hab einfallen lassen.

»Nicht schon wieder eine merkwürdige Krankheit!« war alles, was sie dazu gesagt hat.

Ich bin hier, aber ich muss ja nicht unbedingt mit denen reden. Schon gar nicht mit Vater Schilling, der meine Symptome von neulich immer noch für einen guten Witz hält. Er trägt so eine Schürze mit einem intelligenten Spruch direkt über dem Bauch:

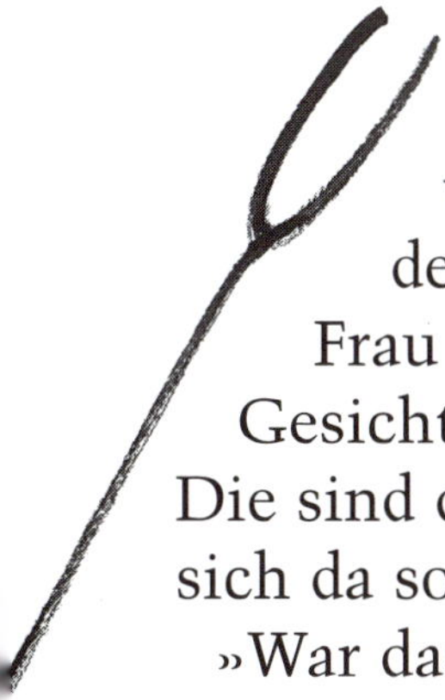

Verflixt! Wieso duften die Lammkoteletts so gut und wieso habe ich so einen Hunger? Na gut, bedanken muss ich mich ja wohl, wenn mir das ganze leckere Zeug auf den Teller gehäuft wird. Mama sitzt neben Frau Schilling. Die Locken hängen ihr wirr ins Gesicht. *Waltraut* hat eine ordentliche Föhnfrisur. Die sind doch total verschieden. Wie können sie sich da so locker unterhalten?

»War das schön, als Meiers noch hier gewohnt haben!«, sage ich laut. Aber keiner scheint mich zu hören. Nur Fabian fragt, ob ich mich mit Meiers gut verstanden habe. Blöde Frage.

Mona hat ihre Haare von möhrenblond in tomatenrot umgefärbt. Vielleicht hat sie einen Schwips. Jedenfalls quasselt sie die ganze Zeit. Über einen Schauspieler, den sie total süß findet. Über den Schlagzeuger von ihrer Lieblingsgruppe, den sie total süß findet. Über den Sänger aus ihrer Schülerband, den sie total süß findet und der total süße Lieder singt. Über einen Pulli, den sie bei H&M gesehen hat und der echt *total süß* war. Als sie dann auch noch von ihrem Deutschlehrer anfängt, muss ich kichern.

»Du solltest einen Süßwarenladen aufmachen!«, sagt Fabian.
Da muss ich noch mehr kichern. Mona faselt immer weiter. Fabian und ich kriegen uns kaum noch ein vor Lachen.

O Schock! Hier sitze ich und kichere mit **Fabian Schilling**. Schnell stopfe ich mir den Mund voll Kartoffelsalat.

MONTAG

Den Schulweg gehe ich mit Fabian. Okay! Aber seit Samstag scheint er zu denken, er könnte mir auch noch in der Pause am Rockzipfel hängen. (Blödes Wort eigentlich – ich trage *nie* Röcke.) Auch als ich mich bei Katti entschuldigen will, wegen unserem Telefonat am Freitag, steht er neben mir und mümmelt eine Banane.
»Ist schon gut«, brummt Katti mit einem Seitenblick auf Fabian. »Wird wohl Zeit, dass wir unsere Aktion starten.«
Fabian lächelt nur blöde. Der wird sich noch wundern!

Als ich mittags nach Hause komme, ist Mama nicht da. Ich sehe sie drüben bei Schillings auf der Terrasse sitzen.

»Was gibt's zu Mittag?«, brülle ich.

»Weiß noch nicht!«, brüllt Mama zurück.

Da meint Frau Schilling, wir könnten doch auch bei ihnen essen. Sie hätte Minestrone gekocht, die reiche für alle. Andere Mütter hätten sich jetzt bedankt und gesagt, dass sie gut selber was für ihr Kind kochen könnten. Meine nimmt das Angebot natürlich an und erzählt, was sie gerade für einen Haufen Arbeit mit ihrer Ausstellung hat.

Ich sage nicht, dass die Minestrone megalecker ist.

Nach dem Essen beschließen die beiden Frauen, dass Fabian und ich den Abwasch erledigen sollen, damit *Waltraut* und *Ilse* noch in Ruhe einen Cappuccino trinken können. Oh, du Hölle!

»Ich trockne ab!«, knurre ich, während wir das Geschirr in die Küche schleppen.

»Mona hat einen neuen Verehrer«, erzählt Fabian und lässt Wasser ins Spülbecken. »Gestern war er da. Hat genau so ketchuprote Haare wie sie.«

»Und ist natürlich *total süß*«, sage ich.

»Klar«, sagt Fabian. »Süße Pickel, süße O-Beine, süße Plattfüße.«

»Irgendwie kommt Mona hier besser zurecht«, sagt er dann. »Am Anfang, als wir noch in der Pension gewohnt haben, hat sie gleich eine Menge Leute kennen gelernt.« Er schweigt und guckt zum Fenster raus. In diesem Licht sehe ich zum ersten Mal seine Sommersprossen.

»Wir wollten diesen Monat im Garten zelten, mein Freund Maximilian, Paul und ich. Max hat ein Indianerzelt. So 'n richtiges, keins für Kinder. Wir hätten sogar ein Lagerfeuer machen dürfen. Dann hätten wir geangelt und die Fische über dem Feuer gebraten. Na ja, jetzt machen sie's wahrscheinlich ohne mich.«

Mit dem Handrücken wischt er sich über die Nase.

In diesem Moment reißt jemand die Küchentür auf. Es ist Mona, die heute erst nach der siebten aus hatte. Ein Glück, denn beinahe hätte ich gesagt, dass wir ja auch mal in unserem Garten zelten könnten.

DONNERSTAG

Irgendwie hab ich mich an den Schulweg mit Fabian gewöhnt. Ein bisschen wenigstens. Er hat mir noch mehr von Max und Paul erzählt und ich ihm von Wuschelmeier.

Kurz vor der Schule versuche ich allerdings schnell ihn abzuschütteln.

Katti ist ganz scharf drauf, endlich mit der Aktion anzufangen. Also bitte, an mir liegt's nicht. Wer hat denn nie Zeit?

FREITAG

Heute ist es so weit. Gestern Abend rief Katti an. »Es kann losgehen!«, hat sie gejubelt. »Ich hab morgen den ganzen Nachmittag frei und ich habe schon einen toten Kabeljau organisiert. Mama denkt, sie hätte ihn auf dem Markt liegen gelassen. Und Schmierseife habe ich auch. Was sagst du?«

»Prima!«, hab ich gesagt und selbst gemerkt, dass es ein bisschen lahm klang.

»Bis morgen«, hat Katti gerufen, »ich hoffe, du hast an die Stinkbomben gedacht.« Hab ich, na klar.

Jetzt steht Katti mit einer großen stinkenden Tüte vor der Tür.

»Der Fisch ist schon von letzter Woche«, sagt sie, »ich kann ihn auf keinen Fall länger bei uns im Schuppen verstecken. Dafür sind die Pferdeäpfel frisch. Wie können wir uns drüben anschleichen, ohne dass jemand was merkt?«

»Kein Problem, die ganze Schilling-Sippe ist heute Mittag weggefahren und Mama ist in der Hutfabrik, wegen ihrer Ausstellung.«

»Na los, worauf wartest du noch, hol die Stinkbomben! Oder kriegst du kalte Füße?«

Natürlich nicht, mir ist bloß ein bisschen mulmig, aber das muss Katti ja nicht wissen.

Zuerst stopft Katti die Pferdeäpfel in Schillings Briefkasten. Das ist gar nicht so einfach, weil so ein Pferdeapfel viel dicker ist als ein Briefkastenschlitz.

Dann schmieren wir den Senf unter die Türklinke und die Schmierseife auf die Stufe vor der Haustür.

»Wenn hier jemand hinfällt …«, sage ich.

»Kriegt er einen blauen Hintern«, freut sich Katti. »Was ist denn los, ich hab das Gefühl, du willst kneifen?«

»Nein, nein«, beeile ich mich zu sagen. Und zum Zeichen, dass es mir ernst ist, schnappe ich mir den Kabeljau und laufe hinters Haus.

Vielleicht ist das Küchenfenster offen. Alle Fenster sind zu. Ich bin fast ein bisschen erleichtert.

»Mist!« Katti rüttelt an der Terrassentür und die geht tatsächlich auf. So ein Leichtsinn. Und das bei den superordentlichen Schillings.

Wir klemmen den Kabeljau in die Federung von einem dieser rosa Sessel. Als plötzlich hinter uns Schillings komischer Vogel zu krächzen anfängt, fallen wir beinahe in Ohnmacht. Der Vogel sieht aus wie ein zu klein geratener Papagei mit Indianerschmuck auf dem Kopf.

Dann verteilen wir die Stinkbomben. Katti hopst die Treppen hoch. Ich hinterher. Das Zimmer gegenüber der Treppe ist Monas. Die Wände sind mit Bildern von Leonardo di Caprio tapeziert.

»Der ist doch wirklich mehr als out«, sagt Katti und zerdrückt die Stinkbombe direkt in dem rosa Wuscheltepich vor Monas Bett. Rosa scheint die Lieblingsfarbe der Schillings zu sein.

Das nächste Zimmer gehört Fabian. Das steht zumindest außen dran:

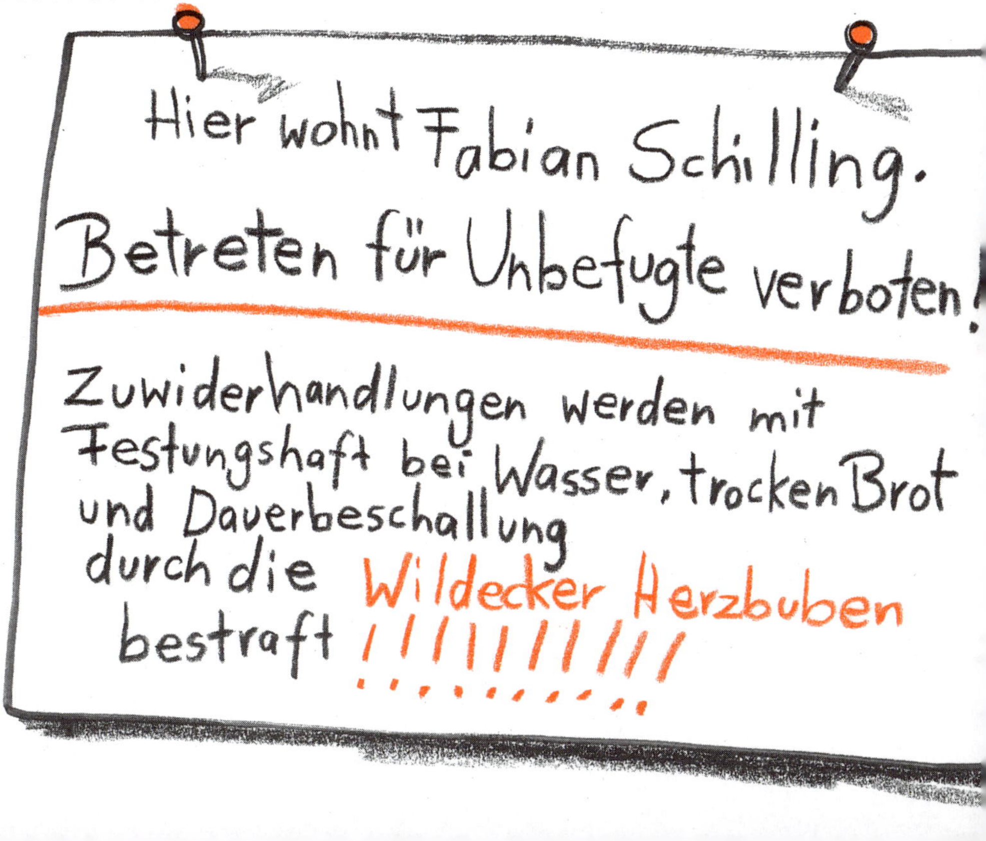

»Wahrscheinlich ist hier auch alles rosa«, sagt Katti.

Es ist ein ganz normales Jungenszimmer, finde ich. Aber Katti findet alles zum Piepen: den selbst gebastelten Hubschrauber, der von der Decke hängt, die Gruselkassetten, die Kuschelhöhle mit dem Riesen-Plüscheisbären unter dem Hochbett und die Tierposter an der Wand. Sogar den Laptop auf Fabians Schreibtisch, dabei weiß ich ganz genau, dass sie sich selbst glühend einen wünscht. Ich zerquetsche die Stinkbombe in dem Monstertruck aus Lego. Katti blättert seelenruhig in Fabians Tim-und-Struppi-Heften. Mir ist vor Nervosität schlecht.

»Wenn jetzt plötzlich jemand kommt?«

»Dann lösen wir uns in Luft auf. Was ist denn los, du bist doch sonst nicht so zimperlich?«

Katti hat gut reden, ihre Mutter ist ja auch nicht mit den Schillings befreundet.

Die restlichen Stinker schmeißen wir ins Bad und ins Elternschlafzimmer. Komisch, auch hier ist nichts Rosafarbenes zu entdecken, stattdessen ein Männerschlafanzug mit Bärchenmuster. Katti kriegt sich fast nicht mehr ein. Dann schnell die Treppe runter und durch die Terrassentür raus. Puh!

Ich will jetzt nur noch nach Hause. Aber Katti besteht darauf, noch die Luft aus sämtlichen Fahrrädern zu lassen.

Danach gehen wir erst mal in die Stadt.

»Wir tun so, als ob wir den ganzen Nachmittag weg gewesen wären«, meint Katti.

Bei Lucentini kaufen wir uns ein Eis. Katti bekommt einen Lachanfall nach dem nächsten. Manchmal kann ich mitlachen. Aber *ich* muss nachher allein nach Hause zurück.

Es ist schon dunkel, als ich endlich heimgehe. Katti hatte einfach keine Lust mehr, auch noch die fünfzigste Runde mit mir durch den Park zu gehen.

In der Ferne höre ich das Tatütata eines Krankenwagens. Im Geist sehe ich sämtliche Schillings mit gebrochenen Schädeln im Krankenhaus. Das mit der Schmierseife hätten wir nicht tun sollen.

Als ich an Schillings Haus vorbeikomme, ziehe ich den Kopf ein. Jetzt bloß keinem begegnen. Ich schiele rüber und sehe alle Fenster sperrangelweit offen stehen. Schnell husche ich zu uns rein. Während ich noch die Schuhe ausziehe, klingelt das Telefon. Katti!

»Wie sieht's aus? Ich will alles ganz genau wissen«, feixt sie.

»Sie lüften«, sage ich.

»Ruf mich an, wenn du mehr weißt!« Kichernd legt Katti auf.

Die Küchentür sieht aus, als würde sie heute schwerer aufgehen, so groß und dunkel. Ich schlucke und drücke die Klinke runter.

Überraschung!

Am Küchentisch sitzt Papa und strahlt mich an.

»Da bist du ja, wir warten schon seit Ewigkeiten auf dich.«

Was ist denn los? Auch Mama guckt, als hätte sie gerade Ostereier versteckt.

Habe ich was vergessen? Geburtstag hat jedenfalls heute keiner. Oder doch?

»Jetzt setz dich erst mal!«

Papa drückt mir ein Glas Traubensaft in die Hand. In einem echten Weinglas, damit wir zusammen anstoßen können.

»Wir haben uns gedacht«, fängt Mama an.

»Ja, weil du doch so traurig warst, dass Meiers Wuschel weggezogen ist …«, erklärt Papa umständlich.

Ich verstehe kein Wort. Papa zieht eine Kiste unter seinem Stuhl hervor.

»Statt Wuschelmeier!«, sagt Mama und Papa drückt mir die Kiste in die Hand. Ein roter Zipfel hängt über den Rand.

Unsicher gucke ich von einem zum anderen und dann in die Kiste.

Das kann nicht wahr sein. Da drin schläft eine kleine Katze. Grau getigert mit einem roten Fleck auf der Stirn und einem weißen Schnäuzchen.

Seit Jahren wünsche ich mir ein eigenes Tier und jetzt kriege ich eins.

AUSGERECHNET HEUTE!!!

»Ist die süß!«, sage ich. Mein Hals ist ganz rau.

»Wir haben sie von Seewebers, du weißt schon, das alte Haus unten am Bach. Ihre Trude hatte Junge und die hier fanden wir mit Abstand am schönsten.« Papa strahlt.

Mama verschwindet in der Speisekammer und kommt beladen mit einem Katzenklo, einem Körbchen und ein paar Dosen Katzenfutter zurück.

»Freust du dich nicht? Du siehst aus, als hätte es dir ins Bier geregnet.«

Abgesehen davon, dass ich kein Bier trinke, hat sie wohl Recht.

Mama und Papa gucken sich an. Ich setze mich vor die Kiste und streichle der kleinen Katze über das seidige Fell.

»Ich werde sie Maja nennen!«, sage ich.

»Wuschelmaja!«, sagt Mama und zwinkert mir zu.

Ich sage mir, dass wohl jeder das Recht hat, mal einen Streich zu spielen, dass Katti und ich unseren Spaß hatten und dass wir die Schillings ja *wirklich* loswerden wollen.

»Ich freue mich total. Ehrlich!«

Wir überlegen, wo wir das Katzenklo hinstellen und wo das Körbchen. Mama hat schon einen Termin beim Tierarzt für nächste Woche. Wegen impfen und so. Gerade als ich anfange mich zu entspannen, klingelt es an der Tür.

Jetzt geht's los! Mir wird schlagartig übel. Aber es ist bloß Inge. Sie will Papa abholen. Für Maja hat sie eine Katzen-Bachblüten-Mischung mitgebracht. »Damit sie sich schneller bei euch eingewöhnt.«

Inge lässt sich noch zu einem Schluck Wein überreden. Während die drei sich unterhalten, wird Maja wach und fängt an ihre neue Umgebung zu inspizieren. Sie klettert an meinem Hosenbein hoch, springt zu Inge auf den Schoß, stupst mit der Nase gegen das Weinglas und versucht Mamas langen Ohrring mit der Pfote einzufangen.

Stundenlang könnte man da zugucken und für einen Moment vergesse ich die Schillings. Erst als ich ins Bett gehe, sehe ich, dass drüben immer noch die Fenster weit offen stehen. Hoffentlich sind heute Nacht keine Einbrecher unterwegs.

SAMSTAGMORGEN

Ich wache mit einem Brummschädel auf. Draußen ist es grau. Und als ich vorsichtig die Gardine beiseite schiebe, sehe ich drüben Herrn Schilling die Fahrräder aufpumpen. Er hat einen knallroten Kopf und flucht wütend vor sich hin. Wenigstens hat er sich nichts gebrochen.

In der Küche warten schon die Zimtbrötchen auf mich. Mama hat einen Zettel dagelassen, dass sie in der Hutfabrik ist und erst mittags wieder nach Hause kommt.

Maja schnurrt mir um die Beine. Dann klettert sie an meinem Nachthemd hoch. Durch den dünnen Stoff spüre ich ihre Krallen. Mama hat sie schon gefüttert. Ich gebe ihr noch ein Schälchen Milch. Soll man nicht. Ich weiß. Aber schließlich muss sie wissen, wer es gut mit ihr meint.

Ich ziehe mich an, und gerade als ich mir das Sweatshirt über den Kopf stülpe, klingelt es: der Paketbote.

O nein! Kaum ist die Tür auf, ist Maja schon draußen. Ich schmeiße das Päckchen in den Flur, schubse

den verdutzten Paketboten beiseite und rase hinterher. Renn bloß nicht auf die Straße, du dummes Katzenvieh.

Aber die Straße interessiert sie gar nicht. Mit einem eleganten Hopser verschwindet sie durch die Hecke in Schillings Garten. Ich mit einem Hechtsprung hinterher.

Auf den Knien lande ich mitten in der feuchten Erde eines Kräuterbeetes. Während ich mich noch aufrappele, sehe ich jemanden auf der Wiese stehen. Fabian! Na, Prost Mahlzeit!

Maja, die Verräterin, springt ihm direkt in die Arme.

In Erwartung des Weltuntergangs kneife ich die Augen zu.

Aber Fabian sagt bloß: »Hallo Wanda!« und »Ist das deine? Die ist ja süß.«

Also mache ich die Augen wieder auf und sage so locker ich kann:

»Hei, Fabian, wie geht's?«

»Gut«, sagt er. Einfach nur *gut*. Wofür haben wir uns denn die ganze Mühe gemacht? Ich glaub, ich spinne!

»Aber weißt du, was passiert ist?«, fängt er kichernd an.

Ich schnappe mir Maja. »Muss schnell die Katze wieder reinbringen«, sage ich.

»Ich hab dir doch von Monas neuem Verehrer erzählt …«

In meinem Arm zappelt Maja. Meine Güte, hat die scharfe Krallen.

So schnell es mit dem wild gewordenen Wollknäuel geht, renne ich zu uns rüber. Fabian trabt einfach nebenher und erzählt weiter. In unserer Küche kann ich Maja endlich loslassen.

»Noch mal von vorne«, sage ich. »Was ist mit Monas Verehrer? Ich hab überhaupt nichts mitgekriegt.«

»Also, ich hab dir doch von dem ketchuphaarigen Verehrer von Mona erzählt. Leon heißt der und Mona fand ihn vor ein paar Tagen noch *total süß*.« Fabian kichert.

»Na ja, und dann fand sie ihn halt nicht mehr total süß und hat mit ihm Schluss gemacht. Und weißt du, was dieser verrückte Heini gemacht hat?« Fabian kriegt sich fast nicht mehr ein.

Ich schiebe ihm den Korb mit den Zimtbrötchen rüber.

Fabian grapscht sich eins und zählt dann haarklein all unsere Missetaten auf. Na gut, *soo* viele Stinkbomben haben wir nicht gelegt und der Fisch war auch keinen halben Meter lang, aber sonst stimmte es in etwa.

»Und das war Leon?«, frage ich schwach.

»Ja«, strahlt Fabian, »Mona ist total von den Socken. ›Der ist ja doch nicht so öde, wie ich gedacht hab. Und das alles wegen mir‹, hat sie geseufzt.

Mein Vater ist stinksauer, aber meine Mutter findet es irrsinnig romantisch. Sie hatte auch nichts dagegen, als Mona sich gleich für heute Nachmittag mit dem Ketchupkopf verabredet hat.«

»Ach nein?«, frage ich und gebe mir Mühe, nicht allzu dämlich zu gucken.

Draußen radelt der Briefträger vorbei. Da fällt mir ein, dass Fabian die Pferdeäpfel noch gar nicht erwähnt hat.

Das Telefon klingelt, bestimmt ist es Katti.

»Willst du nicht drangehen?«, fragt Fabian.

»Hm, nö, das ist bestimmt nur wieder dieser komische Bertfried. So 'n Verehrer von meiner Mutter«, sage ich und verdrehe die Augen.

»Verehrer«, grinst Fabian, »die gibt's zurzeit anscheinend wie Sand am Meer.« Dann erzählt er, wie sein Vater schnüffelnd durchs Wohnzimmer gerobbt ist, bis er endlich den stinkenden Kabeljau in der Sesselfederung entdeckt hat. Und wie hysterisch Mona war, als sie erst in den Senf an der Türklinke gefasst und dann die Hand an ihrer neuen Schlaghose abgewischt hat.

Schließlich haben wir alle Zimtbrötchen verputzt, aber Fabian bleibt einfach sitzen und erzählt weiter. Wenn ich nicht Schiss hätte, dass irgendwann rauskommt, wie unschuldig dieser Leon in Wirklichkeit ist, könnte ich leichter mitlachen.

Irgendwie kommen wir dann auf die Schule zu sprechen. Auf einmal sieht Fabian aus, als hätte jemand seine gute Laune einfach ausgeknipst.

»Was ist denn los?«, frage ich. »An dir hat doch die Schmitz einen Narren gefressen. Dir kann doch echt nichts passieren.«

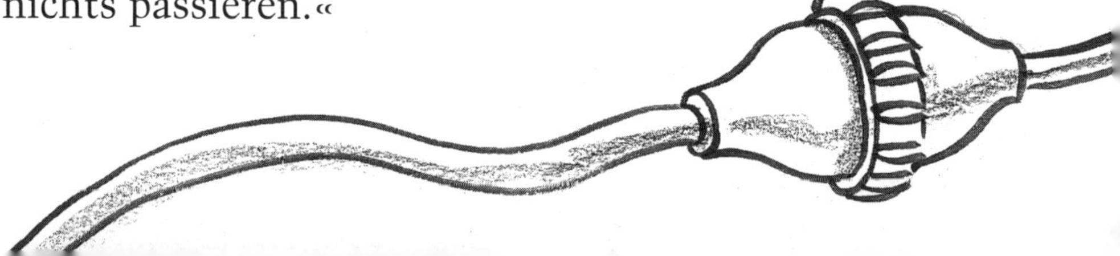

»Das ist es ja gerade«, seufzt er, »sie behandelt mich wie einen Musterschüler.«

»Bist du doch auch!«

»Bin ich nicht!«, sagt Fabian leise.

»Was denn sonst?«, frage ich. »Du weißt alles besser, sogar Sachen, die wir noch gar nicht gehabt haben. Wegen dir hält die Schmitz uns alle für blöd. Und Quatsch machst du auch nie.«

»Ich bin kein Musterschüler«, wiederholt er.

Als ob's davon besser würde. Echt!

Ich schlucke meine Antwort runter, als ich sehe, wie geknickt Fabian aussieht.

»Früher hab ich 'nen Haufen Quatsch gemacht.« Fabian räuspert sich. »Deswegen muss ich ja auch ...«

»Was?«

»Na ja, deswegen muss ich ja auch die vierte Klasse wiederholen.«

Ich fass es nicht!

»Das war mit Paul und Maximilian. Einem von uns ist immer irgendein Blödsinn eingefallen. Besonders Maximilian. Deshalb waren meine Noten dann auch nicht so super.« Fabian grinst schief.

»Und weil ich eh der Jüngste in der Klasse war, haben meine Eltern beschlossen, dass ich die Vierte noch mal machen soll. Auch wegen dem Umzug und so.«

»Deshalb kannst du natürlich den Stoff von der vierten Klasse, du machst das ja alles schon zum zweiten Mal. Aber das müsste die Schmitz doch auch wissen.«

»Klar, ich hab sie ja selbst gebeten es für sich zu behalten, als ich mit Papa bei ihr war.«

»Uns gegenüber tut sie, als ob wir einfach nur faul und dämlich wären. Und du machst da mit.«

»Das wollte ich nicht«, sagt Fabian. »Ich kann ja nicht so tun, als ob ich es nicht wüsste, wenn sie mich fragt. Und ich will erst recht nicht, dass jemand denkt, ich schaff es auch beim zweiten Mal nicht.«

Hört sich an, als wäre er kurz vorm Heulen.

Wow, wer hätte gedacht, dass ich mal das Bedürfnis habe, Fabian Schilling zu trösten. Maja denkt anscheinend das Gleiche. Sie hopst auf Fabians Schoß und fängt an die Schnüre seines Kapuzenshirts anzuknabbern.

Fabian grinst und ich sage schnell, bevor ich es mir anders überlege, dass wir ja mal in unserem Garten zelten können. Ich hab zwar kein Indianerzelt, aber ein Lagerfeuer könnten wir trotzdem machen.

Auf einmal hören wir lautes Gebrüll von draußen. Wir rennen zum Fenster. Herr Schilling steht mit der Zeitung vor dem Briefkasten. Puterrot vor Wut: »Wenn ich dieses Bürschchen erwische, mach ich Kleinholz aus ihm!«

»Sieht aus wie eine beschissene Sonntagszeitung«, kichert Fabian. »Dieser Leon ist wirklich ein Mordskerl.«

»Mhm«, sage ich.

SAMSTAGABEND

Rufe Katti an und erzähle ihr von der Verwechslung mit Leon. Sie meint, wir müssten das Ganze unbedingt noch mal wiederholen, und zwar so, dass keiner auf die Idee kommt, es könne dieser Knabe gewesen sein.

Ich sage erst mal nichts dazu. Bis jetzt weiß ja noch keiner, was der angebliche Übeltäter dazu gesagt hat.

SONNTAG

Mama und ich machen einen Ausflug aufs Land. In einem Nachbardorf ist gerade Jahrmarkt. Es gibt so ein altmodisches Kettenkarussell. Hellllila und rosa mit vielen goldenen Schnörkeln. Mama ist hingerissen und ich eigentlich auch. Hier kennt uns ja niemand. Wir fahren so lange, bis uns fast schlecht wird. Dann trinken wir Apfelmost und essen Spießbraten.

Mama fotografiert ein paar rotznasige Kinder beim Kinderkarussell und die Alte mit der selbst gestrickten Mütze am Zuckerwattestand.

Dann will sie noch auf die Schiffschaukel, aber ich will lieber heim. Schließlich ist Maja schon die ganze Zeit allein zu Hause.

»Alles klar, Katzenmutter!«, lacht Mama und schraubt das Objektiv von der Kamera ab.

Montag

Fabian wartet schon vor dem Haus. Ich habe leichtes Magendrücken. Aber anscheinend hat Monas Ketchupfreund es nicht für nötig gehalten, seine Angebetete darüber aufzuklären, dass er mit den Heldentaten bei Schillings nicht das Geringste zu tun hat.
Umso besser!

Als wir vor der Schule ankommen, sind wir so ins Gespräch vertieft, dass ich Katti glatt übersehe, obwohl sie direkt auf uns zuläuft.

»Wanda! Hast du Tomaten auf den Augen?« Misstrauisch guckt sie von einem zum anderen. Jetzt bloß nicht rot werden!

»Hei Katti!«, sage ich so locker wie möglich und kann spüren, wie sich das Schweinchenrosa über mein Gesicht verteilt.

»Hast du einen Moment Zeit?«, fragt Katti und gibt sich dabei alle Mühe, Fabian zu übersehen.

Sie hakt mich unter und zieht mich rüber zum Fahrradständer.

»Ich habe einen neuen Fisch«, sagt sie. »Eine Bachforelle, schon nicht mehr ganz taufrisch. Wir müssen unbedingt heute Nachmittag noch mal loslegen. Das am Freitag war ja der totale Reinfall.«

»Ich weiß nicht ...«, stammle ich lahm. »Musst du heute nicht zu Caruso?«

»Nö, muss ich nicht. Also, was ist?«

»Na ja, die denken doch bestimmt wieder, dass es Leon war.«

»Ich denke, Mona hat sich wieder mit ihm vertragen. Der hätte doch jetzt gar keinen Grund mehr.«

Auch wieder wahr. Ich beiße mir auf die Lippen. Katti guckt mich forschend an.

»Hast du die Hosen voll oder hast du den alten Senkrechtmelder plötzlich ins Herz geschlossen?«

»Nein, nein!«, sage ich schnell. Klar, dass Katti mir nicht glaubt.

»Gut«, sagt sie, »dann gehe ich heute Nachmittag zu Leonie. Die hat mich eh schon lange zum Spielen eingeladen.«

Es gongt und wir müssen in die Klasse. Mist! Ausgerechnet Leonie.

Hätte ich Fabian bloß nicht mein großes Indianer-Ehrenwort gegeben, über seine Ehrenrunde in der vierten Klasse zu schweigen.

DIENSTAG

Das Leben ist kompliziert. Fabian wundert sich, weil ich plötzlich wieder so wortkarg bin. Katti erzählt den anderen Mädchen von ihrem Nachmittag bei Leonie. So laut, dass ich alles mithören muss. Toll!

Und als ich ihr von Maja erzählen will, das hatte ich in der Aufregung der letzten Zeit ganz vergessen, sagt sie schnippisch:

»Du hast seit fünf Tagen eine kleine Katze und ich erfahre auch schon davon?

Aber du hast ja jetzt einen hinreißenden Nachbarn, der alles brühwarm erzählt bekommt!«

Als ich mich mittags zu Inge absetzen kann, bin ich richtig erleichtert.

MITTWOCH

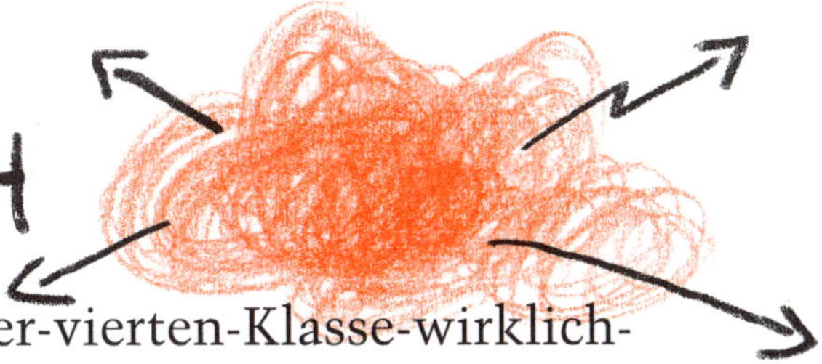

Frau »Das-muss-ich-in-der-vierten-Klasse-wirklich-voraussetzen-können-Schmitz« macht einen saublöden Mathe-Test.

Alle müssen aufstehen, und wer die richtige Antwort weiß, darf sich wieder hinsetzen. Fabian hält sich tapfer. Ich merke genau, dass er spätestens die zweite Frage hätte beantworten können. Aber wir sind bei Aufgabe 10 und Fabian steht immer noch.

Aufgabe 10 ist schwer. In der Klasse ist es still wie in der Wüste Gobi um Mitternacht.

»Fabian Schilling«, sagt Frau Schmitz entnervt, »nun sag es deinen Mitschülern schon. Und tu nicht so, als ob dieser Stoff, den ich in der vierten Klasse wirklich voraussetzen muss, zu schwer für dich ist.«

Fabian gibt die Antwort und darf sich setzen.

Von da an wird er bei jedem Hänger aufgefordert die richtige Antwort zu geben.

Zum Schluss steht nur noch Tobias. Tobias ist wirklich keine Mathe-Leuchte. Mit Mühe hält er die Tränen zurück.

»Mach diesem Elend ein Ende, Fabian«, seufzt die Schmitz. Dann packt sie ihre Tasche und stolziert aus der Klasse. Nicht ohne uns für morgen noch einen schriftlichen Test anzudrohen.

Die ganze Klasse drängt sich um Tobias, der jetzt wirklich heult.

Er hat eine Höllenangst. Sein Vater hat gedroht ihn aus dem Fußball-Club zu nehmen, wenn er die Vierte wegen Mathe nicht schafft.

Tobias' Vater ist stellvertretender Bürgermeister, und ein Sohn, der in der Grundschule sitzen bleibt, wär ihm furchtbar peinlich, glaube ich.

Fabian sitzt allein an seinem Tisch. Er ist ziemlich blass um die Nase.

Wenn Blicke töten könnten, wäre er längst zu Staub zerfallen. Ich gehe rüber und biete ihm ein Stück von meinem Doughnut an.

»Wanda hat neuerdings ein Herz für Streber«, sagt Katti schnippisch.

Jetzt treffen die bösen Blicke auch mich. Verdammt!

Nach der letzten Stunde verlasse ich fluchtartig die Klasse. Ich will nichts mehr hören und sehen. An der Ampel holt Fabian mich ein.

»Du hast wegen mir Ärger mit Katti.«

»Nicht nur mit Katti«, seufze ich.

»Das tut mir Leid, ich wollte das nicht«, sagt Fabian.

»Kannst du den anderen nicht einfach erzählen, was du mir erzählt hast?«

»Meinst du, das bringt jetzt noch was?«

»Bei mir hat's was gebracht.«

»Hm«, macht Fabian.

Den Rest des Heimwegs reden wir nicht mehr viel. Zu Hause wartet Maja. Wenigstens ist die nicht kompliziert.

DONNERSTAG

Ein Päckchen ist für mich abgegeben worden. Als ich es auswickle, rollt mir eine tote Bachforelle entgegen und eine Karte flattert auf den Boden.

Klar, von wem das kommt.

Ich versuche ein paar Aquarelle von Maja zu machen. Große Kunstwerke entstehen schließlich nur im größten Schmerz.

FREITAG

Im Kaffee Klatsch spielen die »Ertrinkenden Goldfische«. Mama will mit Waltraut hingehen, weil das die Band ist, die auch bei der Ausstellungseröffnung spielen wird. Ich soll auch mit. Aber ich habe nicht die geringste Lust.

»Wenn du hier allein bleibst, welkt vor lauter Trübsal die Petersilie auf dem Fensterbrett. Also, gib dir einen Ruck.« Mama grinst mich an. »Außerdem brauche ich dein fachkundiges Urteil über die ›Goldfische‹.«

Wer's glaubt, wird selig.

Ich gehe dann doch mit, weil ich sonst nur wieder versuchen würde Katti anzurufen.

Das Kaffee Klatsch ist eine Kneipe mit hohen Spiegeln, einer Menge verschiedenfarbiger Kronleuchter, einem Sammelsurium von Kunstwerken und einer winzigen Bühne.

Als wir reinkommen, sitzt Piet schon da und hat uns einen Tisch mit gutem Blick auf die Musiker freigehalten. Er küsst uns auf die Wange, auch Waltraut, die dabei ein bisschen rot wird.

»Malte müsste auch gleich kommen. Er hat heute Abend keinen Babysitter gefunden, deshalb bringt er Tassilo *und* Sammy mit.«

Auch das noch. Sammy ist der Sohn von Malte. Er müsste inzwischen drei sein. Jedenfalls habe ich noch nie ein Kind gesehen, das so quirlig ist wie dieser Knirps. Ich glaube, der hat einen Düsenantrieb in der Windel.

»Dann ist Gudrun also noch auf Tournee?«, fragt Mama.

Gudrun ist Sammys Mutter. Sie ist Schauspielerin an einem Kindertheater. Früher habe ich mir zusammen mit Katti alle Stücke angesehen und einmal durften wir sogar mitspielen. Als Zwerge verkleidet. Ach, Katti! Ich hätte doch noch mal versuchen sollen sie anzurufen.

Die drei kommen erst, als die Band bereits das zweite Stück spielt. Malte setzt sich zu uns an den Tisch. Ich glaube, er begrüßt uns. Aber die Musik ist so laut, dass ich nur sehe, wie er seine Lippen bewegt. Tassilo verkriecht sich sofort unter den Tisch und legt die Pfoten über die Ohren.

Sammy scheint vor Vergnügen zu quietschen, aber auch das kann ich nicht hören.

Ich nuckle an meiner Johannisbeersaft-Schorle und gucke mich um.

Die »Ertrinkenden Goldfische« bestehen aus drei ziemlich cool aussehenden Typen und einer Frau am Schlagzeug. Die Frau ist ganz dünn und blond. Wenn man sie nur sieht, käme man nie auf die Idee, dass sie einen so wilden Rhythmus hat. Einer von den Jungs ist der Sänger. Er hat eine schwarze Wollmütze tief ins Gesicht gezogen, darunter sieht man, dass er sehr nette grüne Augen hat. Wenn ich Mona wäre, würde ich sagen: Der ist total süß!

Waltraut Schilling sitzt zwischen Malte und Piet. Mit beiden Händen hält sie ihr Bierglas fest und schielt immer wieder verstohlen zu Piet rüber, der auf dem Tisch den Rhythmus klopft und dabei die Muster auf seinem Oberarm tanzen lässt. Nach dem vierten Stück macht die Band eine Pause und die Erwachsenen können sich endlich unterhalten. Ohne Gebabbel halten die es ja nie lange aus.

»Bisschen laut für eine Ausstellungseröffnung«, sagt Frau Schilling und lächelt verlegen in die Runde.

»Bei uns spielen sie unplugged«, lacht Mama, »sonst würden ja die Bilder von den Nägeln springen.«

Unplugged! Was heißt denn das schon wieder? Wahrscheinlich habe ich blöd geguckt. Jedenfalls erklärt mir Malte, dass es »ohne Stöpsel« heißt. Ohne Stöpsel in der Steckdose.

Er meint ohne Verstärker. Klar! Ich bin doch nicht von gestern.

Piet unterhält sich mit *Waltraut* über moderne Musikgruppen und die kennt sich total aus. Ich bin baff.

Ich hätte gedacht, sie hört nur so was wie die jungen Tenöre oder Julio Iglesias.

Die rothaarige Bedienung bringt eine neue Runde Getränke. Mama, *Waltraut*, Malte und Piet quasseln auf Vorrat. Tassilo wagt sich unter dem Tisch hervor und …

»Wo ist eigentlich Sammy?«, frage ich.

Verblüfftes Schweigen. Malte springt auf. Hinten hat er keine Augen, sonst hätte er Tassilo sicher gesehen. Er segelt rückwärts, direkt vor die Füße der Rothaarigen. Wie ein Käfer auf dem Rücken liegt er da. »Ich mag es, wenn mir die Männer zu Füßen liegen«, sagt die Rothaarige und macht einen Riesenschritt über ihn hinweg. Die Gläser auf ihrem Tablett klirren leise.

Tassilo findet es allerdings gar nicht gut, wenn jemand den Fuß gegen sein Herrchen erhebt. Knurrend springt er an ihr hoch. Sie hält krampfhaft das Tablett fest. Tolle Leistung! Aber sie hat nicht mit Malte gerechnet. Der rappelt sich hoch und knallt mit dem Kopf von unten gegen das Tablett. Ich hab's ja gewusst. Wo Sammy ist, fliegen Gläser. Sogar wenn er gar nicht beteiligt ist.

Inzwischen hat Mama den Knirps entdeckt. Er steht in aller Ruhe beim Verstärker und zieht die Stöpsel raus. Waltraut kichert: »Ich glaube, Sammy will es heute schon unplugged.«

Auf dem Heimweg fängt es an zu nieseln, aber Mama und Frau Schilling lassen sich ihre gute Laune nicht verderben. Ich wusste gar nicht, dass Erwachsene so viel kichern können. *Waltraut* ist es, die anfängt ein Stück von den »Ertrinkenden Goldfischen« zu summen, Mama fällt ein und ich singe auch mit. In der Nähe der Sparkasse kommt auf einmal Mona um die Ecke gebogen. Sie macht ein Gesicht, als hätte jemand ihre Schlaghosen gefrühstückt.

»Was ist denn los?«, fragt Mama.

»Es ist dieser Leon, er unterhält sich seit Tagen über nichts anderes als die Schumacher-Brüder und ihren *heißen* Reifen. Ich finde das überhaupt nicht heiß, kann ich euch sagen.«

»Vielleicht ist er doch ein Langweiler«, sage ich. »Ein Langweiler mit rot gefärbten Haaren.«

»Es ist das Ferrari-Rot, sagt er und ich dachte, es wäre wegen mir. Pff.«

Mona tritt gegen eine Straßenlaterne. Frau Schilling hakt Mona unter.

»Männer kommen und gehen, gute Freundinnen bleiben bestehen«, deklamiert Mama und *Waltraut* fängt schon wieder an zu kichern.

Die beiden kommen noch auf ein Glas Wein und einen Saft mit zu uns, aber ich bin müde und gehe hoch in mein Zimmer.

Als ich im Bett liege, denke ich ganz fest an Katti. Hoffentlich bleibt unsere Freundschaft auch bestehen.

SAMSTAG

Ein paar Mal versuche ich Katti anzurufen, aber es geht keiner dran.

Dann erwische ich ihre Mutter. Ich bitte sie Katti auszurichten, dass sie mich zurückrufen soll. Danach bleibt das Telefon still, als hätte jemand die Leitung gekappt. Als es gegen Abend endlich klingelt, breche ich mir fast die Knochen, so schnell rase ich die Treppe runter. Aber es ist bloß dieser Bertfried. Zur Hölle mit ihm.

SONNTAG

Die Ausstellungsvorbereitungen laufen auf Hochtouren. Überall liegen Fotos herum. Immer wieder werden sie von Mama neu sortiert, eingerahmt, ausgerahmt und dann wieder eingerahmt. Meine Aufgabe ist es, Maja fern zu halten, nachdem sie mit ihren spitzen Krallen ein paar Abzüge ruiniert hat. Die allerbesten, findet Mama.

MONTAG

Tage wie heute sollte man einfach ausfallen lassen dürfen. In der Schule habe ich Katti gefragt, warum sie mich nicht zurückgerufen hat. »Keine Zeit«, hat sie bloß geknurrt. Und dann haben wir auch noch den Mathe-Test zurückgekriegt.

Zu Hause schmeiße ich den Schulranzen in die Ecke und gehe ins Wohnzimmer. Ich sehe gleich, dass Mama geweint hat. Ihre Nase glänzt wie ein roter Luftballon und die Augen sind ganz dick geschwollen.

»Ich sage die Ausstellung ab, ich habe im letzten Jahr nur Schrott produziert. Guck dir das doch mal an!«

Sie wedelt mit einem Bündel Fotos durch die Luft. Es nützt jetzt gar nichts, zu widersprechen. Mir fällt der Not-Plan ein, den Katti und ich im letzten Jahr für solche Fälle aufgestellt haben.

Ich setze gerade Teewasser auf, als es an der Tür klingelt.
Draußen steht ein Mann. Er ist ziemlich groß und dünn, hat einen Drei-Tage-Bart (so nennt man das doch, wenn einer aussieht wie schlecht rasiert) und dunkelblonde Locken. Er trägt Jeans, eine ausgebeulte Strickjacke und hat riesige Quadratlatschen.
»Du musst Wanda sein. Ich habe schon viel von dir gehört«, sagt er.
Ich schweige verblüfft.
»Mein Name ist Bertfried. Ich möchte zu deiner Mutter. Ist das möglich?«
Oh, du Hölle! Einen ungünstigeren Zeitpunkt hätte der sich wohl nicht aussuchen können.
»Ähm«, sage ich und gucke, glaube ich, ziemlich belämmert.
»Sie bereitet doch gerade ihre Ausstellung vor und da dachte ich, ich gehe ihr ein bisschen zur Hand.«
Ich überlege, wie ich ihn loswerden kann. Mama hasst es, wenn jemand sie mit verheultem Gesicht zu sehen kriegt, das weiß ich genau.
»Sie ist ...«, stammle ich. Da höre ich, wie sich jemand hinter mir die Nase putzt.
»Ilse!« Bertfried strahlt, als hätte er die Venus von Milo vor sich und nicht meine rotnasige Mutter.

»Hallo Bertfried!« Ihre Stimme klingt, als hätte sie eine chronische Nasennebenhöhlenentzündung. »Möchtest du einen Tee?«

Jetzt tut sie wieder so, als ob nichts wäre.

»Aber gern«, lächelt Bertfried und tut auch so, als ob nichts wäre.

Ich halte das alles nicht aus und verschwinde nach draußen.

Im Garten treffe ich auf Fabian. Er sitzt auf der Bank hinter dem Haus und schnitzt an einem Stück Holz herum. Ich scheine ein ziemlich finsteres Gesicht zu machen. Jedenfalls guckt Fabian ganz erschrocken, als er mich sieht. »Was ist denn los?«

Ich setze mich neben ihn und kriege erst mal kein Wort raus. Erwartungsvoll guckt er mich an.

»Ach«, sage ich.

Und als hätte sich mit dem »Ach« ein Knoten gelöst, sprudeln plötzlich die Worte aus mir raus. Ich erzähle Fabian alles: von Mamas Krise, von Bertfried, von Katti und Wuschelmeier, von Papa und Inges Tofu-Nudel-Tick, von der misslungenen Mathe-Arbeit und dann wieder von Katti und der Angst, dass sie nach so vielen Jahren vielleicht nicht mehr meine Freundin sein will.

Fabian sitzt nur da. Er unterbricht mich nicht. Aber ich spüre genau, dass er mir aufmerksam zuhört. Als ich fertig bin, bleibt es erst mal still.

Dann räuspert er sich. »Ich dachte immer, dir geht es bestens.«

Ich gucke ihn an.

»Na ja, weil es bei dir zu Hause so anders ist. Deine Mutter ist so gut drauf ...«

»Wenn sie nicht gerade ihre Krise hat«, schniefe ich.

»Ja, klar! Und dann diese witzigen Kollegen von deiner Mutter, die manchmal da sind. Bei uns hat noch nie jemand auf dem Küchentisch geturnt.«

»Können wir ja mal machen!« Ich muss lachen und gleichzeitig heulen.

»Genau«, sagt er und zupft mir an den Haaren, ganz sanft. »Mit Katti würde ich übrigens reden.«

»Die ist doch nie da!«

»Dann besuch sie auf ihrem Reiterhof!«

Ich schüttle den Kopf.

»Wenn du willst, gehe ich mit und erzähle ihr, warum die Schmitz mich für ein Musterkind hält.«

»Wenn du meinst«, sage ich.

Wir sitzen dann noch eine ganze Weile da. Einfach bloß so.

Nie hätte ich gedacht, dass es mir mal gut tun würde, neben **Fabian Schilling** zu sitzen und zu schweigen.

Mittwoch

Es war wohl doch keine so gute Idee, zu Katti zu gehen. Jedenfalls nicht zu zweit. Sie ist gerade dabei, Caruso zu satteln, als wir ankommen.

»Sieh einer an, das Traumpaar der Woche!«, sagt sie.

»Wir wollen mit dir reden«, sagt Fabian.

Katti schwingt sich in den Sattel. »Keine Zeit!«

Ich drücke ihr noch schnell eine Einladung für das Eröffnungsfest von Mamas Ausstellung in die Hand.

»Samstag!«, sagt sie. »Da habe ich mit Sicherheit auch keine Zeit.«

Sie tätschelt Caruso den Hals und reitet davon.

»Tut mir Leid!«, sagt Fabian.

DONNERSTAG

FREITAG

Morgen ist es so weit. Mamas Fotos hängen fein säuberlich gerahmt in der Hutfabrik. Ebenso Maltes Gemälde. Piet ist noch dabei, den ›Engel über Tasmanien‹ aufzustellen. Frau Schilling ist zu uns rübergekommen, um Mama bei der Herstellung ganzer Berge von Knabbergebäck zu helfen. Sie zieht gerade das fünfte Blech voller Käse-Blätterteig-Schnecken aus dem Backofen, als Fabian auftaucht.

»Wollte nur mal gucken, was ihr macht.«

»Gucken gilt nicht! Du kannst mir helfen Sektgläser zu spülen. Fünfzig hab ich schon, aber es sind immer noch mindestens hundert da.«

Ich drücke ihm ein Geschirrtuch in die Hand.

Als später Malte und Piet vorbeikommen, müssen die ersten heißen Schnecken natürlich probiert werden, genauso wie der Sekt und der hausgemachte Apfelsaft, den es morgen geben soll.

Hoffentlich wird die Stimmung morgen genauso gut. Aber ohne Katti macht es mir bestimmt keinen Spaß.

SAMSTAG

Unfassbar! Es ist Viertel vor sieben, um sieben geht es los und wir stehen tatsächlich in der Hutfabrik.

Heute Nachmittag sah es so aus, als ob wir es nie schaffen würden. Stundenlang rannte Mama mit so einer grünen Pampe im Gesicht herum, andauernd klingelte das Telefon und jemand wollte irgendwas wissen: In welcher Ecke die Musiker ihre Instrumente aufstellen sollen. Ob der Wein reicht oder ob lieber noch welcher nachbestellt werden soll. Wo der Schlüssel für die Rumpelkammer ist und warum der Kühlschrank nicht funktioniert. Und wo zum Teufel dieser verflixte Sicherungskasten versteckt ist.

Gerade als sie sich das Zeug abwaschen wollte, rief dann noch eine Frau von der Zeitung an, um mit Mama ein ausführliches Interview zu machen. Da sei ja heute Abend sicher keine Zeit dazu.

Das war eindeutig zu lange für die grüne Pampe, denn als sie runter war, war Mamas Haut total gereizt und knallrot. Ich musste schnell zur Apotheke und eine Beruhigungsmaske besorgen. Die Apothekerin hat ganz schön blöd geguckt, dass jemand den Wochenenddienst ausgerechnet für Kosmetik rausklingelt.

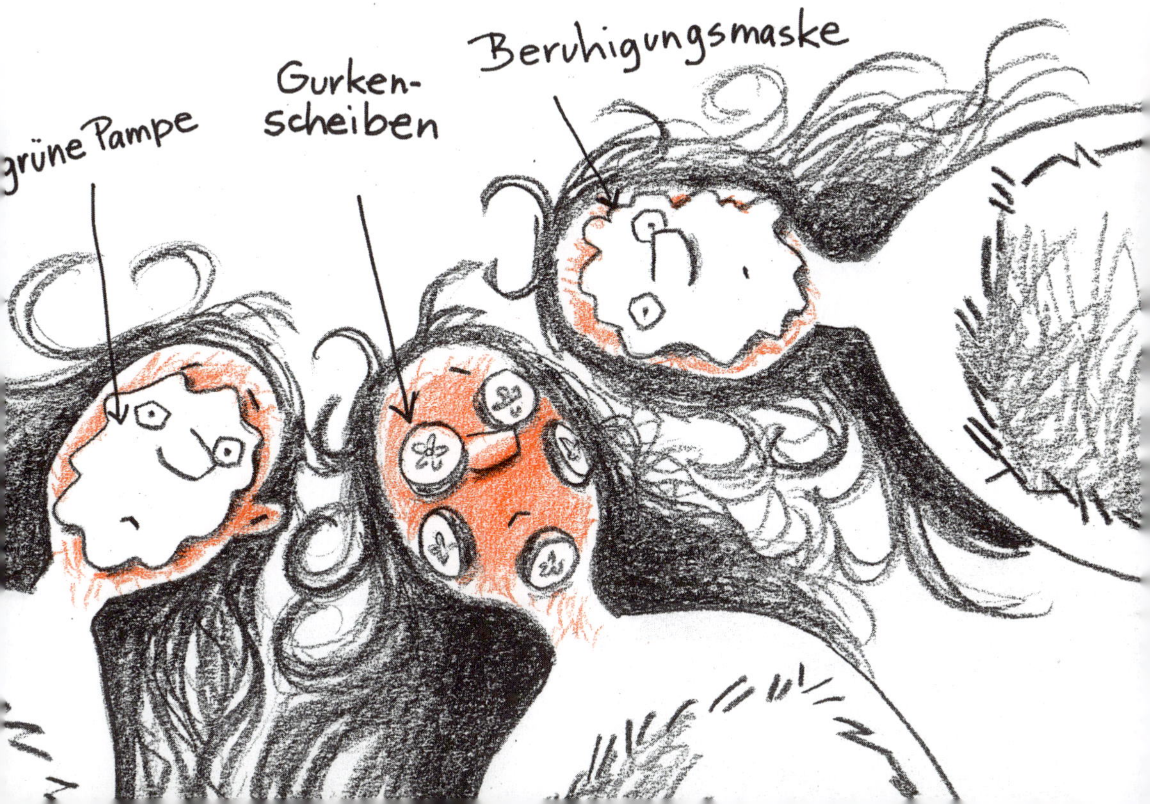

Dann musste Mama sich noch umziehen. Sie zog das weinrote Kleid an, drehte sich vor dem Spiegel und zog es wieder aus.

Ich wusste gleich, dass sie am Schluss doch das weinrote nimmt, aber bis dahin hat sie mindestens noch sieben verschiedene Outfits ausprobiert, sogar die silbergraue Hose. Obwohl sie sich darin total beschissen fühlt. Das wissen wir beide.

Achtung! Achtung!
Dies ist ein heiliger Schwur!
Wenn ich erwachsen bin,
nehme ich immer gleich das erste Kleid.
Wanda Lichtenberg

Jetzt stehen wir also in der Hutfabrik und warten auf die ersten Besucher. Mama sieht klasse aus. Ihre Gesichtsfarbe ist wieder normal und ihre Laune auch. Piet und Malte sind schon längst da. Malte diskutiert irgendwas mit den »Ertrinkenden Goldfischen« und Piet kontrolliert zum hundertsten Mal, ob sein »Engel über Tasmanien« wirklich kippsicher befestigt ist.

Als Erste tauchen Papa, Inge, Gudrun und Sammy auf. Dann die Schillings und, mit einem riesigen Blumenstrauß bewaffnet, Bertfried.

Fabian und ich gucken gespannt zu, wie Mama Papa und Bertfried miteinander bekannt macht. Frau Schilling stellt ihrem Mann Piet und Malte vor. Und alle haben dieses Blendax-Lächeln im Gesicht, bei dem man nie genau weiß, ob sie sich freuen oder ob sie dem anderen am liebsten eine reinhauen möchten.

»Dass sich Erwachsene immer so abschmatzen müssen«, sagt Fabian angeekelt.

»Hast du was gegen Küsse?«, grinse ich.

Mit Katti hab ich mich darüber auch immer lustig gemacht. Ich seufze.

»Denkst du an Katti?«, fragt Fabian.

Ist er ein Hellseher oder was?

Immer mehr Leute strömen in die Galerie. Wir entdecken Tobias' Vater, den zweiten Bürgermeister, und unsere Kunstlehrerin. Sie hat sich in ein selbst gemaltes Seidentuch gewickelt und ist bis jetzt die Einzige, die wenigstens ab und zu einen Blick auf die Bilder wirft.

Engel über Tasmanien
Frau Zenn-Pfennig vom Kulturamt
Frau Kohl-Meise vom Kunstverein
Herr Beck vom Tagblatt

ECHT SÜß (Mona)

Dann kommt die Eröffnungsrede. Tobias' Vater lobt den Einfallsreichtum, die ursprüngliche Kraft der anwesenden Künstler und die souveräne Arbeit der Fotografin Ilse Lichtenberg. Souverän! Ich verschlucke mich an meinem Apfelsaft.

Die »Ertrinkenden Goldfische« fangen an zu spielen. Ohne Verstärker klingen die Stücke noch viel besser. Fabian macht mich nervös, dauernd dreht er sich zur Tür um.

In der Menge entdecke ich Kattis Eltern, aber Katti ist nicht dabei.

Das dritte Stück der »Goldfische« hat einen besonders wilden Rhythmus. Piet schnappt sich *Waltraut* und dreht mit ihr ein paar Pirouetten.

»Mein Vater guckt, als hätte er in ein Stück Seife gebissen«, grinst Fabian.

In dem Moment schiebt sich jemand durch die Tür. Jemand mit Stupsnase und blonden Zottelhaaren. Katti! Und wer rennt total begeistert auf sie zu? Fabian! Ich traue meinen Augen nicht.

»Hallo, Wanda!« Katti pufft mir leicht verlegen in die Seite.

Fabian strahlt. »Toll, dass du gekommen bist.«

»Unser Musterknabe hat mich mit einem Lucentini-Eis bestochen«, grinst Katti.

»Und dann habe ich ihr dasselbe erzählt wie dir.«

»Ja, und dieser Typ ist eigentlich ganz nett, wenn er nicht gerade alles besser weiß.«

»Ach ja?«, sage ich und gucke immer noch reichlich verdattert von einem zum anderen.

»Ja, du Suppenhuhn.« Lachend fällt mir Katti um den Hals. »Das mit der Forelle tut mir Leid«, zischt sie mir ins Ohr.

»Ich finde, wir sollten uns mal zu den Käseschnecken durchschlagen, bevor die Erwachsenen uns alles wegfuttern«, meint Fabian.

An der Bar treffen wir auf Tobias' Vater. Keine Ahnung, wie viel Wein er schon getrunken hat, jedenfalls sieht er mit seinem leuchtenden Zinken aus wie Rudolf Rotnase.

Unsere Kunstlehrerin hat sich Malte geschnappt und schwärmt ihm von ihrem letzten Aquarellkurs in der Toskana vor.

Wir beladen uns mit Gebäck und Apfelsaft und flüchten nach draußen.

Auf der hohen Backsteinmauer machen wir es uns gemütlich.

»Eigentlich ist die Schmitz an allem schuld«, meint Katti, »sie hat genau gewusst, dass Fabian die Klasse wiederholt.«

»Sie hat so getan, als wäre er ein Super-Schnellmerker, nur damit wir uns total blöd vorkommen.« Ich bin wirklich sauer.

»Wahrscheinlich denkt sie, wir würden dann besser lernen.«

»So ein Quatsch!«

»Und wie es Fabian dabei geht, hat die überhaupt nicht interessiert!«

Fabian rutscht unruhig hin und her.

»Am Montag erzähle ich der ganzen Klasse, dass ich die Vierte zum zweiten Mal mache.«

»Und wir reden mit der Schmitz!«, sage ich.

»Ein bisschen Verständnis, das müssen wir bei einer Lehrerin wirklich voraussetzen können«, quiekt Katti und macht dabei das spitze Schmitzmündchen.

In dem Moment kommt Mona aus der Halle. An ihrer Seite schmachtet ein Knabe mit grünen Igelstacheln auf dem Kopf.

»Ist der nicht total süß?«, kichert Fabian.

»Süße Kartoffelnase und total süße abstehende Ohren«, kichere ich und fühle mich auf einmal rundherum wohl. Rechts von mir sitzt Katti und

links Fabian. Ich hoffe nur, dass er nie rauskriegt, *wer* die Stinkbombe in seinem Monster-Truck zerquetscht hat. Ganz zu schweigen von der gesamten Aktion Schilling.

GNÄDIGE OHNMACHT!
WO BLEIBST
DU DENN?

O nein! Hört der Ärger denn nie auf?

»Das ist dieser Bertfried!«, zische ich. Gerade ist Mama aus der Halle gekommen. Ganz erhitzt vom Tanzen fächelt sie sich Luft zu und dieser Typ wagt es, ihr den Arm um die Schulter zu legen.

»Wer?«, fragt Katti.

»Bertfried, die ganze Zeit scharwenzelt er um Mama herum.«

»Dieser Ziegenbock da?« Katti grinst boshaft.

Neben mir holt Fabian tief Luft. »Vielleicht könntet ihr den Fisch beim nächsten Mal unter *sein* Sofa klemmen?«

»Katti!«, quietsche ich. »Du hast doch nicht …«

»Klar hab ich«, lacht sie. »Aber keine Angst, er hat uns bereits verziehen.«